地粮

[法]安德烈·纪德 著

盛澄华 译

André Gide
LES NOURRITURES TERRESTRES

汉译世界文学名著丛书
出版说明

1902年，我馆筹组编译所之初，即广邀名家，如梁启超、林纾等，翻译出版外国文学名著，风靡一时；其后策划多种文学翻译系列丛书，如"说部丛书""林译小说丛书""世界文学名著""英汉对照名家小说选"等，接踵刊行，影响甚巨。从此，文学翻译成为我馆不可或缺的出版方向，百余年来，未尝间断。2021年，正值"汉译世界学术名著丛书"出版40周年之际，我馆规划出版"汉译世界文学名著丛书"，赓续传统，立足当下，面向未来，为读者系统提供世界文学佳作。

本丛书的出版主旨，大凡有三：一是不论作品所出的民族、区域、国家、语言，不论体裁所属之诗歌、小说、戏剧、散文、传记，只要是历史上确有定评的经典，皆在本丛书收录之列，力求名作无遗，诸体皆备；二是不论译者的背景、资历、出身、年龄，只要其翻译质量合乎我馆要求，皆在本丛书收录之列，力求译笔精当，抉发文心；三是不论需要何种付出，我馆必以一贯之定力与努力，长期经营，积以时日，力求成就一套完整呈现世界文学经典全貌的汉译精品丛书。我们衷心期待各界朋友推荐佳作，携稿来归，批评指教，共襄盛举。

商务印书馆编辑部
2021年8月

译 序

福楼拜曾梦想把自己全部作品完成以后，在一天中呈放在读者的眼前；斯汤达尔曾预言自己的作品须在四十年后才能受人理解，他爱在自己的书上写道："To the happy few"①。表现在这两种姿态中的艺术家肃穆的灵魂，我揣想，都曾为少年时代的纪德所渴望，所憧憬。纪德早年的书有印三五本的、十数本的，较多的如《背德者》初版印三百本，《地粮》才印五百本。为什么？珍惜自己的作品，抑或是对自己作品的缺乏自信？宁得少数知心的读者而不图一时的虚荣，不求一时的名利？这都可能。总之，这心理是相当复杂而微妙的。但有一点应是很明显而不容置疑的，即是以严肃、纯洁的态度来接应艺术。不说视艺术重于生命，至少把艺术看作是自己生命的一部分，或竟是自己生命的延续。

纪德自一八九一年发表《安德烈·瓦尔特笔记》至一九三九年的《日记全集》，将近五十年间，前后出版小说、戏剧、文艺论文集、日记、杂笔等共五十余种；以一生从事

---

① 英文，献给少数幸福的人。

于生活与写作，从未接受任何其他有给或无给职务，在如许长的时间内写出五十余种著作实在不能算多，何况其中半数以上都是短篇或中篇。纪德的书有费五六年而成的，也有历十余年而成的。最美的作品应是受狂妄的默启，而由理性所写成，这话像是他在日记中说过。所谓狂妄的默启，也许就是灵感，而后者无疑是技巧。纪德文笔的谨严与纯净，在当代法国作家中除瓦莱里外恐无出其右。纪德不是一个多产的作家。

五十年的写作生活！这期间，可怕的是灵魂在长途中所经历的险遇：由诗情的沉醉，创始时期中的友谊——瓦莱里与卢维，以至在罗马街象征主义派大师马拉尔美的住宅黄昏时轻柔抑扬的语声，含笑谈真理的情趣，而终至感到空虚、落寞、不安，以坚强的心出发去沙漠中觅回自己对生命的热诚；由自我解放所产生的生命力，通过福音中"忘去自身"的启示，必然地指向大同与共产的憧憬。"别人——他生活的重要性，对他说……"这过程曾是痛楚而艰难，但它终于使晚年的纪德更乐观、更坚强、更豁朗、更宁静，使他的生活与思想达到某种健全的平衡。

这三五粒、十数粒撒播在地上的种子，近二十年来已得到大量的收获，像是投在湖心的小石，这小小的漩涡慢慢扩散，终至无限。"纪德思想"已引起广泛的研讨。他的作品已有各国文字的译本，他的书已由十数本而成为十数版，其中重版百次以上的也有不少种；一九三六年出版的《访苏归来》,一月内重印至几十版,但这是一本时事性的著作,自应看作例外。归根结底,纪德永不能是一个通俗性,或通俗化的作家,如果某一书的出版得到超异的销路,这在他不一定是一种光荣。我不禁想起鲁迅先生"伟人与化石"的话,人在成名后,别人没有不把你供奉作偶像的,这无法逃避的命运,对一个永远在更新中、永远在求解脱的作家,不知更将做何感想。

安德烈·纪德生于一八六九年十一月二十二日,今年正好是七十三岁。一九三六年十月出版的莫里斯·萨克斯[①]的《纪德评传》中描写纪德说:

"高身材,塌肩膀,骨质的身躯,其上是一个许久以来已早秃顶的头颅,有着乡下人似的焦枯的皮肤。他像是从一棵粗糙的大树上所取来的坚洁的木材所雕成。他的眼睛,有时呈灰色,有时呈青色,像有些青石片,也像有时晴天下白杨树的叶子,显示出一种明净、坦朗、颖悟的目光。他的口唇,王尔德曾说正直得像一个从未说谎者的口唇,在面部上清晰地截成一种与其是任情则更是缄默的线条。坚方的颔骨显示出不为任何浓重的欲情所凝滞的一种意志。纪德的面目所予人的是乡人、学者、雅士三者间的一种完美的结合。"

我于一九三五年冬天第一次会见纪德时所得的印象也大

[①] Maurice Sachs(1906—1945?),法国传记作家。

致相仿。

他独居在巴黎第七区凡诺路副一号的一所公寓的顶层。邻街的两间正房，其一，傍壁的高书架上放满着各作家寄赠的新出版的书籍，他的女打字员就在那室内工作；另一是小客厅，从客厅有长廊通到后排临院子的一间大房子，这长廊宛如贯通前后的一座桥梁，靠墙也是成列的书架，上面是他自己作品的各国文字的译本，但其中独无中文的。国人翻译纪德，就我所知，最早的当推穆木天先生所译的《窄门》，可惜我当时手头没有，结果我把从国内寄来的丽尼先生由英文转译的《田园交响乐》送给了他，这使他书架上又多了一重新的点缀。长廊尽头临院子的那间大房子是纪德的卧室，同时也是他的工作室。像大多数新式的顶层房子一样，这间房子的后半部有一个半楼，有一道小扶梯可以上下。这半楼纪德布置成一个小型的书库，成行的书架上是古今各家的全集以及一己所收藏的珍版图书。室内临窗处是一张棕色坚实的大书桌，不远是一架钢琴。从窗口看去，唯有城市的屋顶与冬日的树梢。纪德爱住高楼，无疑为使自己身心永远保持空旷与豁朗的感觉。他的卧铺设在室内一隅，用具的色调与品质，一望而知是非洲的产品，我想这大概都是屡次在非洲的旅行中带回的。纪德一向不常住在巴黎，但近年来每次回到巴黎时总住在凡诺路他所租赁的寓所。一八九八年为答辩巴蕾士（Maurice Barres）所写的一篇短文是这样开始的：

"父亲是于塞斯人，母亲是诺曼底人，而我自己偏又生在巴黎，巴蕾士先生，请问您教我往何处生根？

"于是我决定旅行。"

纪德始终认为只有使自己的灵魂永不松弛，永不祈求安息，人才能永远年轻。今日已超七十高龄的老人，谁看去都是不能相信的。记得有一次他陪我去看雷斯特朗日侯爵夫人，我们从他寓所出发，公寓中原有自动电梯可供上下，但他宁爱徒步下楼，从他所住的第七层顶楼到地面的一层，其间二百余级的梯阶，他一口气跑尽，全无喘息之意。纪德幼年体质羸弱，如今却反老当益壮了。

对于一个自始受重重传说所笼罩的作家如纪德者，一旦有人告诉你这是一个人性的、正常而正直的人也许反会引起一部分人的失望。当《访苏归来》出版后，一度纪德颇受左右夹攻，我曾问他对此做何感想，"没有什么，"他坦然回答说，"十年前我发表《刚果之行》，揭发在殖民地所目击的种种，当时也没有人能相信；如果我在《访苏归来》中还不曾把有些事实做更切实的报道，一来因为我自己既不是新闻记者，更不是社会学者或经济学者，但最大的原因倒是怕累及一部分在苏联的友人。如果人们以为我出版这书足以证明我对自己所期待的新理想的实现的信念已呈动摇，那他们是错误的：这正像不能因我对法国在殖民地设施的不满而来证明我不爱祖国的错误是一样的。我正在写《再谈从苏联归来》，在这书中我预备发表一部分我实地所得的数字资料。"

纪德晚年的第二重打击，则是夫人埃马纽埃尔①的故世。那是一九三八年初春的事情。他回答我吊唁的信中说："……是的，这伤逝使我几个月来凄怖地感到消沉。你读过我的作品，应能衡量这一位在我生活中所处的无限的地位，我自身中最高的一切无不以她为指归……"

接着是大战的爆发。一九三九年九月我从巴黎近郊的寓所给纪德去电话，我在耳鼓中听到电铃在对方室内振振作声，但许久无人接话，纪德已不在巴黎。第二天我动身到马赛。是年十一月在上海接到他从尼斯来信并寄到新出版的《日记全集》。这是最后的音息。遥念生活在苦难中的人们以及这一位始终受青年所敬爱的作家，使我不期然地做了以上这一段本无必要的叙述。

《地粮》是纪德初期的作品之一，一八九七年出版。这是一本诗意强烈的书。若把这书看作纪德某一时期中心灵的自传自无不可。

这书的译成远在五年以前。初稿依据《纪德全集》第二册中所收的原文，重校时参阅一九三八年第一〇一版的单行本。五年来这译稿始终搁置在我的行箧内。何以我不把它及早拿出来付印？曾治愈某一病人的药剂，未必合用于另一病人，更不必说合用于一切病人。我知道，各人的脾胃不同，

---

① Emmanuelle，系 Madeleine Rondeaux 在纪德作品中的化名。

各人的体质不同，对这人有益的，对另一人可能适得其反。我一再踌躇出版的原因即由于此。

美那尔克教人不再仅仅爱自己的家，而慢慢地，与家脱离。"智者，即是对一切事物都发生惊奇的人。"流浪，流浪。年轻的读者，我知道你已开始感到精神上的饥饿，精神上的焦渴，精神上的疲累；你苦闷，你颓丧，你那一度狂热的心，由于不得慰藉，行将转作悲哀。但你还在怀念，还在等待，你怀念千里外的家乡，怀念千里外的故亲戚友。你不曾设想到你所等待的正是你眼前的一切。回头！这不再是时候。时代需要你有一个更坚强的灵魂。如果你的消化力还不太疲弱，拿走吧！这儿是粮食，地上的粮食！

光明在望，中国的奈带奈蔼，你也永远将像那把光执在他自己手上的人一样随光前进。

一九四二年十一月城固

目　录

一九二七年版原序 ································· 5
引言 ··· 9

卷一 ·· 11
卷二 ·· 33
卷三 ·· 47
卷四 ·· 61
卷五 ·· 93
卷六 ··· 113
卷七 ··· 135
卷八 ··· 157
颂歌（代尾声）································ 170
寄语 ··· 171

安德烈·纪德生平与创作年表 ··················· 172

献给

友人莫里斯·基约

我们地上的粮食正是这些果子。

《可兰经》第二卷第二十三章

一九二七年版原序

这本求超越、求解脱的书，人却每把我锁在其中。我趁这次重版的机会，为新的读者们写下几点感想，并对这书写作的始末做一更率直的供认，借以稍释它以往的重负。

一、《地粮》不说是一本病人所写的书，至少是当他正在恢复康健，或是痊愈后所写的书——这人却曾是病者。即在本书的诗情中，已足显示出这种把生命当作行将失去的东西，而猛力地想把它抓住的企图。

二、我写这书，正当文学在极度的造作与窒息的气氛中；而我认为亟须使它重返大地，用赤裸的脚自然地印在土上。
这书怎样地与当时的趣味相左，只看它整个的失败就能想见。没有一个批评家曾提到它。十年中它正好销出五百本。

三、我写这书，正当自己结婚后，生活开始固定起来。我自愿地放弃某种自由，而这自由却正是我在书——一件艺术品——中所愿加倍地追偿的。不用说，我在极真挚的心情下写这本书，但同样真挚的是我心中的否认。

四、我再声明：我并不使自己止于此书。我所描绘的这种飘忽与随机的状态，我只画下其中的轮廓，正像小说家画下他主人公的轮廓，而这主人公虽然跟作者有相似之处，却只是作者自己想象的产物。即在今日我仍感到，当我画下这轮廓时我必先使它与我自己分离，或者也可说，先使我自己与它分离。

五、人每以这少年时代的著作来审判我，仿佛《地粮》中的伦理观即是我毕生的伦理观，仿佛我自己第一个就不遵守我所给予我年轻读者的忠告："抛开我这书，离开我！"是的，我曾立刻离开那曾是写这《地粮》的我；所以当我回省我一生，我注意到其中最显著之点，不是我的无恒，而相反地，正是我的一致。这种内心与思想的一致我敢相信是绝无仅有的。在临死前能亲见自己始终贯彻一己所主张的那些人，我愿有人能把他们的名字列举出来，我将在他们的身旁占一席地。

六、更进一言：有些人在这书中只知看到，或只承认看到对欲望与本能的颂赞。我认为这多少带点近视。在我，当我重展这书时，我所看到的，更是对贫乏真谛的阐发。我抛开其余一切，至今矢志所保留的仍是这一点。因此之故，才有我日后援引福音中的主张，即是于"忘去自身"中完成自身最高的实现，完成幸福最大的要求与其无止境的期许。

"愿我这书,能教你对自己比对它感兴趣,而对自己以外的一切又比对你自己更感兴趣。"这话你在引言与卷末都能念到。又何须强我复述?

安·纪
一九二六年七月

引　言

奈带奈蔼，别嫌我给这书所取的名字太不雅致；其实，我很可以以"美那尔克"命名，但美那尔克，和你自己一样，从不曾存在过。能加诸这书的唯一的人名是我自己的名字；果尔，我又何敢在这书上署名呢？

我率直地、不加矫饰地把我自己放入在这书中。而如果我在书中有时所谈到的国土，我自己不曾见过；香味，我自己不曾闻过；行动，我自己不曾犯过——或是，我的奈带奈蔼，你自己，我还不曾遇到过。这一切决非出于虚伪，而这一切也不是谎言，正像念这书的你，我因不知你的真名，才事前给你代取奈带奈蔼这名字一样。

而当你念完时，抛开这本书——跑到外面去！我愿它能给你这欲望：离开任何地点，离开你的故乡、你的家、你的居室、你的思想。别带走我书。如果我自己是美那尔克，我将握住你的右手引导着你，而你的左手并不知道，出城稍远，我把你的右手也放开了，而我对你说：忘怀我！

愿我这书能教你对自己比对它感兴趣——而对自己以外的一切又比对你自己更感兴趣。

卷 一

我懒散的、长期昏睡的幸福
醒来了……

哈非士

一

奈带奈蔼，别希求在固定的地方找到神。

万物都指神，无一能启示神。

每种造物使我们与神远离，当我们的目光一固定在它身上。

当别人正从事发表或工作，我却过了三年旅行生活，为的，相反地，忘去一切我曾借头脑所学得的事物。这种促忘的过程曾是滞缓且又艰难；它对我比一切由人们所强输的教育更有益，且真正地是一种教育的开始。

你将永不知道为使我们对生活发生兴趣所必需的努力，但如今生活已使我们感到兴趣，这将跟一切别的事物一样——热情地。

我乐意地责答我的肉体，在惩戒中比在过失中感到更大的喜悦——我曾那样地陶醉在不仅为罪恶而罪恶的自傲中。

消灭自身对"功绩"的观念，因为它对精神是一种莫大的障碍。

……一生中我们不断地为前程的渺茫而感苦恼。我将对你怎么说呢？一切选择是可怕的，当你考虑选择的时候：可怕的是一种不复为义务所及的自由。正像在一个四野不见人迹的地方选择一条道路，那儿每人从事他自己的发见，而你得注意，这发见只对他自己适用；因此，即是最荒僻的非洲中最可疑的痕迹比这也还可靠……浓荫的小树林吸引我们；未曾干涸的水泉上的幻景……但水泉的存在毋宁是我们的欲望使然；因为任何境地都由于我们的接近，它才逐渐得到存在，四围的景物，逐一地，在我们的行进中安排起来；在天空的边际我们看不到什么，而即在我们的周遭，这也只是一种连续的、可更变的表象。

但为什么在这样严肃的问题上用起比喻来？我们都相信应该发现神，但如今在没有发现神以前，我们竟不知道，唉！向何处呈献我们的祈祷。终于人就说随处是神，一种不能寻觅的东西，而人就随着机遇跪下地去。

但奈带奈蔼，你将像把光执在他自己手上的人那样追随着光前进。

不管去哪儿，你所能遇到的只是神——美那尔克曾说：神，即是我们眼前的东西。

奈带奈蔼，你应边走边看，但你不应在任何地点停留下来。对你自己说只有神不是暂时的。

让重要性在你自己的目光中,而并非在所看到的事物上。一切你所清晰地认识的东西历千百年对你依然一样清晰。何以你把那些东西还看作那么重要?

欲望是有益的,同样,有益的是欲望的满足——因为欲望从而增添。我实在对你说,奈带奈蔼,每种欲望比我欲望中的目的物虚幻的占有更使我充实。

对多少可爱的事物,奈带奈蔼,我用尽我的爱。它们的光辉由于我不断地为它们燃烧着。我无法使自己疲惫。一切热诚对我是一种爱的耗损,一种愉快的耗损。

异端中之异端,我永远地,受摈斥的论见、隐晦的思想、各种的偏异所吸引。每种智质使我感到兴趣全在所以使它和别种智质不同的地方。由此我在自身中达到排斥同情的境地,因为在同情中所见到的只是一种共通情绪的认识。

不需要同情,奈带奈蔼——而是爱。

不审辨所干的动作是好或是坏。不自疑所爱的是善抑是恶。

奈带奈蔼,我将教给你热诚。

宁过一种至情的生活，奈带奈蔼，而不求安息。除了死的沉睡以外我不希望别种安息。我怕一切当我活着的时候所不能满足的欲望与力，由于它们的独存令我痛苦。我希望在这世间表达尽一切所等待于我的，到那时，满足以后，再整个绝望地死去。

不需要同情，奈带奈蔼，而是爱。不是吗，你懂得这并不是一回事。仅由于怕失去爱，有时我才能同情悲哀、烦恼、痛苦，否则我是很难对它们忍受的。让各人自己去处理自己的生活。

（今天我不能写，因为谷仓中转着一个轮子。昨天我就见到，它在打着油菜籽。菜籽壳飘在空中，菜籽滚得满地。灰尘令人窒息。一个女人转着磨石，两个美丽的孩子，赤着足，在收获菜籽。

我哭，因为除此以外我再没有什么可说。

我知道人家不开始写，当人家只有这么一些话可说。但我却已写了，而更将在这同一题材上来写别的东西。）

奈带奈蔼，我愿给你一种快乐，一种至今任何别人未曾给你的快乐。我不知道如何把它给你，虽然，我自己拥有这种快乐。我愿比任何别人未曾有的更亲密地跑向你去。我愿在夜间的这一刻来到：当你已连续地打开，而又闭上不少书本，在它们的每一本中搜寻超于它所曾启示你的东西。当你还在等待；当你的热诚，由于不得慰藉，行将转作悲哀。我只为你而写，我只为你的这一些时刻而写。我愿写这样的一本书：那儿一切个人的思想与个人的情绪对你像都是不存在的，那儿你将相信只看到你自己热诚的投影。我愿靠近你而你爱我。

忧郁只是消沉后的热诚。

人都可能整个地赤裸；一切情绪都可能达到完满的境地。

我的情绪像一种宗教似的开放着。你能否懂得这意思：一切感觉都是一种无穷尽的存在。

奈带奈蔼，我将教给你热诚。
我们的动作依附着我们，正像磷光依附着磷。它们耗尽我们，那是真的，但它们形成我们的光辉。
而如果我们的灵魂称得上什么的话，那只因它比别一些人的灵魂燃烧得更热烈。
广漠的原野，我见到过你们，笼罩在晨曦的白色中。蓝色的湖，我曾在你们的浪花中入浴——明朗的大气的每一爱抚使我微笑，这一切，奈带奈蔼，我将不倦地反复告诉你。我将教你热诚。

如果我知道更美的东西，那我对你说的就正会是那一些东西——那一些东西，一定的，而不是别一些东西。

你还不曾教我智慧，美那尔克。不是智慧，而是爱。

奈带奈蔼，我对美那尔克超过的友情，而几乎就是爱。我也爱他像一个弟兄似的。

美那尔克是危险的，当心他；他使自己被贤者所摈斥，但不使自己为孩子们所畏惧。他教他们不再仅仅爱他们的家，而慢慢地，和家脱离；他使他们的心满怀着一种对野生酸味的果子的欲望和焦心于新奇的爱。唉！美那尔克，跟你我还愿奔向别的行程。但你憎恶懦弱而主张教我离开你。

在每个人身上存在着各种奇特的可能性。"现在"将充满着种种"未来"，如果"过去"不已先在那儿投影上往事。但是！一个唯一的过去只给予一个唯一的未来——它投影在我们面前，像是一座架在空间的无尽的桥梁。

只有人所不能理解的东西人才有确信能永不去干。理解，即是自己感到能干。担当人性中最大的可能，这是一个好公式。

各种方式的生活，你们曾对我显得都美。（这儿我所对你说的，都正是美那尔克曾对我所说的。）

我希望已经验过一切热情与过失；至少我曾袒护过它们。我整个的生命投向一切信仰；而某些晚上我竟疯狂得几乎相信起自己的灵魂来，那样的我感到它行将与我的躯体相分离——这也是美那尔克对我所说的。

而我们的生命在我们面前将似这满装冰水的杯子，这执在发烧的病人手上湿润的杯子，他渴，他竟一饮而尽，他明知道他应静待，但他无法从他的唇边推开这甘美的杯子。水是那样沁凉，而发烧的热度却又那样地使他枯焦。

二

唉！我曾那样地呼吸了夜中的凉气，唉！窗扉！由于雾的笼罩，如许灰白的光从月亮倾泻下来——令人起饮的感觉。

唉！窗扉！多少次我的焦额印在你的玻璃上而得清凉，而当我从火热的床上跑向阳台看那寂然无垠的天际，多少次我的欲念像浓雾一般化作轻烟。

往日的狂热，你对我的肉体曾是一种致命的耗损；但灵魂会那样憔悴下去，当没有东西能使它对神分心！

我崇敬的坚贞是可怕的，在那儿我竟感枨然无措。

长远地你还得寻觅灵魂难能的幸福，美那尔克对我说。

初期可疑的狂奋消逝以后——那还在未曾遇到美那尔克以前——接着是一段像穿过洼地时的不安的等待时期。我消沉在不是睡眠所能治愈的昏倦的重压中。餐后我躺下，我入眠，醒后我更感困倦，神志麻木得犹如此身行将变形。

生命朦胧的蠕动；潜在的工作，不知来处的创生、难产；昏惰，等待；蛹似的我不断地入眠。我让这新生命在我身上成长起来，而这未来的我已与当时的我完全不同。一切光来到我那儿都像穿过碧色的水层，穿过树叶，穿过树枝；混淆与困怠的感觉正和酒醉时或是神经错乱时的相仿。唉！终究让这最后的难关，这病，这剧烈的痛苦来到吧！我那样哀求着。我的脑子正像暴风雨时的天空，满压着滞重的云块，那时人已几乎透不过气来，那时一切等待着闪电来撕破这些充满着愤怒而掩蔽起碧空的烟煤色的皮囊。

等待！你还将持续多久？而此后，我们又将以何为生？——等待！等待的是什么？我那样呼喊着。什么突然来到的东西还能不是从我们自身所产生的呢？而什么我们所可能产生的东西还不早已是我们所知道了的呢？

阿培耳的出世、我的订婚、爱立克的死、我生活的颠簸，这一切非但没有消除这种冷漠，却似乎使我更深陷下去。那样的这种昏迷状态像是源于我自己的思想，以及我自己不确切的意志的错综性。我真愿悠久地长眠在大地的湿润中，像一棵植物似的。有时我对自己说，我的痛苦告终时欲乐就会到来，而我将在肉体的消耗中去寻求精神的解脱。接着我又接连几小时地昏睡，像那些为炎热所困倦的孩子们，白昼大人给睡在热闹的室内。

以后我从辽远处醒来，满身大汗，心跳着，头脑像是半醒半睡似的。光从关闭着的百叶窗隙缝中透滤进来，把草坪绿色的回光反映在白色的天花板上。这暮色的明静对我是一种唯一的温慰，正像当你长时间在洞中受黑暗包围以后，那一种穿过树叶与水，在洞口抖擞着，显示出温柔与悦目的明亮。

飘忽地传来室内的喧噪。我慢慢地回生过来。我用温水洗梳，而无精打采地，我跑向原野直到花园的长凳上，那儿我懒散地鹄候着暮色的到来。我一直倦于说话，听人说话或是写作。我念：

　　……他看到他眼前

　　荒芜的道路，

　　入浴的海鸟，

　　伸展着它们的羽翼……

　　此处应是我的归宿……

　　……人却令我住在

　　森林的树叶下

　　在橡树下，在这地窖中。

　　寒冷的是这土屋

　　我对它已早厌倦。

　　阴暗的是那些山谷

　　以及高的丘陵，

　　树枝凄凉的城郭。

　　荆棘满覆——

　　无趣的居留。①

---

① 《流放者之歌》，见泰纳《英国文学史》。——原注

有时掠过对生命的充实，虽未获得而是可能的，这种感觉；以后这感觉一再出现，逐渐萦绕不散。唉！让一角青天显露吧，我呼喊着，让它在这永久的报复中展开吧！

我整个生命像迫切地需要一种更新。我等待着第二次的怀春。唉！给我的双目另换一种新的视觉，给它们洗去书本的污迹，使它们更像这它们所凝视的青天——今天由于雨后整个显得明净。

我病了，我旅行，我遇到美那尔克，我康健惊人的恢复实是一种再生。我重生在一个新的生命上，在新的天地中，在已整个更新了的事物间。

三

奈带奈蔼,我来和你谈等待。我曾见夏日原野的等待,等待些微的雨滴。路上的尘土已变得太松,每一阵风把它吹扬起来。这已不再是一种欲望,而是一种恐怖。土地因干燥而罅裂,像为多迎受一点水分。旷野上野花的香味浓重得几乎迫人。日光下一切都呈昏厥的状态。每天下午我们到凉台下去休憩,稍许躲开一点这过于强烈的光照。这时季正是充满花粉的松柏科植物闲适地摇曳着它们的枝条为往远处播送繁殖。天空满布着暴风雨,整个自然界在等待。这瞬间显得迫人地严肃,因为一切鸟雀全静默了。从地上吹起一阵热风,热得令人感到昏晕。松柏科植物的花粉从树枝间吹来像是一阵金烟——以后雨就下来了。

我曾见天际等待黎明时的战栗。星星一一凋殒下去。牧野汛溢着朝露;风带来的温慰是冰冷的。好些时候似乎这模糊的生命还愿滞留在梦中,而我困倦的脑筋充满着昏沉。我一直跑到林边;我坐下;每一牲口恢复它的工作和它确信白日将到时的快乐,生命的神秘又开始泄漏在树叶的每一齿缘——以后天就亮了。

我还曾见别种晨曦——我曾见夜地等待……

奈带奈蔼,让你自身中的每一等待不纯然是一种欲望,而只是一种接待的准备。等待来向你的一切,但只指望来向你的一切。只指望你自己所有的。你应懂得一天内每一瞬间你都能主有神的整体。让你的欲望是爱,让含情的是你的占有。因为,什么欲望能不生效呢?

什么!奈带奈蔼,你主有着神而你竟不曾自觉!主有神,即是看到神,但人不能对神凝视。在任何小径的转角处,拜拉姆,难道你曾见过神,而在他跟前安顿你的灵魂?因为你,你对神另作想象。

奈带奈蔼,人所不能等待的只有神。等待神,奈带奈蔼,即是不懂你已主有神。别把神与幸福看作两回事,但把你一切幸福放在瞬间。

我随身带着我所有的一切,正像东方的女人把她们全部财富带在她们自己身上一样。在我生活中的每一瞬间,我能在自身感觉到自己财富的整体。这财富的组成,并不由于各种特殊事物的总和,而由于我唯一的崇敬。我忠实地掌握着我自己的财富。

把夜晚看作是白日的归宿,把黎明看作是一切事物的创生。让你的视像在每一瞬间都是新的。

智者即是对一切事物都发生惊奇的人。

脑筋的一切困倦源于，啊！奈带奈蔼，你财富种类的繁复。你连特别喜欢哪一种也不知道，因为你不懂得唯一的财富即是生命。生命中的最小瞬间比死还强，而否认着死。死只是对别一些事物给予生命的许可，为的使一切可由此更新；为的使生命的任何形象不霸占超过它自己表达所需要的时间。幸福的是当你的语声响亮的瞬间。一切别的时间用来静听，但当你自己说话的时候，别再倾听。

奈带奈蔼，你应焚毁所有在你自身中的书本。

旋　曲

——为颂赞一切我所焚毁的

有些书人家坐在小板凳上念
在小学生的书桌前。

有些书人家边走边念
（而这也由于它们版本大小的关系）；
有一些在森林中念，另一些在别的田野间念，
而西塞罗说，nobiscum rusticantur.[①]

---

① 拉丁文，乡间原有书籍为伴。

其中有一些我在驿车上念；

别一些，躺在堆干草的仓房中念。

其中有一些为使人相信人有灵魂；

别一些则使灵魂绝望。

有一些书中证明神的存在；

别一些则否认。

有些书只被收藏在

私人的图书馆中。

有些书曾受过很多

有资望的批评家们的赞誉。

有些书仅谈蜜蜂饲养术

而某些人认为太专门。

另一些则专谈自然

读后像已无须再出去散步。

有些书为贤者所不容

但它们引起孩子们的惊奇。

有些书称作选集

把人们对任何事物的卓见辑入在内。

有些书希望使你爱生命；

另一些作者事后竟自尽。

有些书散播恨

而它们收获它们所散播的。

有些书不事吹嘘,且引人入胜

当你读着的时候像是放着光辉。

有一些书人家爱惜得把它们当作更纯洁的

而比我们生活得更好的弟兄。

有些书用奇特的文字写成

纵使尽心研习人也不会懂得。

奈带奈蔼,何时我们才能烧尽所有的书本!

有些书一文不值;

另一些则价值千金。

有一些谈王论后,

而另一些,谈极贫苦的人们。

有些书它们的语声比

午间树叶的絮语还更轻柔。

像老鼠似的,约翰在巴特摩斯吃的正是一本书;

但我则更爱覆盆子。

那曾使他肠胃中充满苦味

而以后他得了很多的幻觉。

奈带奈蒿，何时我们才能烧尽所有的书本！

在书本中读到海滩上的沙土是轻柔的，这对我是不够的；我愿我赤裸的双足印在上面……任何未经感觉的认识对我都是无用的。

在这世间我从不曾见任何温美的事物而不立刻企望使自己的深情与它相应。大地令人爱恋的美，堪惊叹的是你那地面开花的时节。景物，那儿深入着我的欲望！大地，那儿逗留着我的探索；覆在水面的纸草形成的小径；斜垂溪边的芦苇；林中的空地；树叶间出现的原野，无止境的期望。我在岩石与植物的过道中散步。我曾见春天的舒放。

万象之流转

从这天起，我生命中的每一瞬间对我是一种绝难言喻的新奇的滋味。如此我几乎不断地生活在一种热情的惊愕中。很快地我感到陶醉，而我喜欢在眩晕中步行。

无疑，一切我在唇边所遇到的笑，我愿吻它；颊上的血，眼中的泪，我愿饮它；我愿咬住树枝迎送来的一切果子的果肉。每到一家旅店饥饿在那儿向我招呼；在每一水源前口渴正在那儿等待着我——每一水源前，一种特殊的口渴；——而我愿能有别的字汇来表达

伸展着道路的地方,我步行的欲望;

浓荫处,休息的欲望;

水深的岸边,游泳的欲望;

在每一床前,爱与眠的欲望。

我大胆地把手按在每一事物上而相信有权处置我欲望中的每一对象。(再者,我们所愿望的,奈带奈蔼,与其是占有,毋宁说爱。)唉!让一切事物在我面前放出虹彩;让一切美,闪烁着我的爱。

卷 二

粮食!

我期待着你们,粮食!
我的饥饿不能半途而止:
不满足总不甘休;
道德无以助
我只能借饥贫养育我的灵魂。

满足!我探寻你们。
你们绮丽如夏日之晨曦。

午间甘美的水泉,到傍晚时更为纤净;破晓时凛冽的水滴;浪际的风;拥塞着桅樯的海湾;和谐的岸边的温热……
　　啊!如果再有趋向原野的道路;正午的炙热;田间的饮料,在夜间,栖身于干草堆中。
　　如果还有趋向东方的道路;在心爱的海上留下的航迹;摩苏尔的花园;都古耳的舞蹈;瑞士牧人之歌。

如果还有趋向北方的道路；泥泞的市集；抛起雪花的雪车；冰冻的湖沼；一定的，奈带奈蔼，我们的欲望不会生厌。

船从不知名的海岸把成熟的果子载来我们的港口。

快替那些船只卸下它们的重负，使我们终将尝味这些果子。

粮食！
我期待着你们，粮食！
满足，我探寻你们；
你们绮丽如夏日之笑。
我知道我的每一欲望
已有它应得的回音。
我的每一饥饿等待着报偿。
粮食！
我期待着你们，粮食！
我跑尽天涯海角探寻你们，
我一切欲望所期待的满足。

我所认识的人间最美的事物，
唉！奈带奈蔼！是我的饥饿。
它永远忠于
永远在等待它的一切。
使黄莺沉醉的难道是酒吗？

鹰，是乳吗？抑或使画眉沉醉的是桧木？

鹰心醉于高翔。夏夜使莺沉醉。原野因酷热而战栗。奈带奈蔼，让一切情绪对你变成一种陶醉。如果你所吃的不曾使你心醉，那因为你并不十分饥饿。

每一完美的动作被伴随着快感。由此你认辨这动作是你所应做的。我毫不喜欢那些把自己的辛劳看成是一种功绩的人们。因为如果那是辛劳的，他们不如另选别的。在工作中所得到的快乐正足表示这工作对你的适合；而我快乐的真挚，奈带奈蔼，在我每是最必需的指南针。

我知道每天我的身体所能期望的欢情以及我的头脑所能担当的。接着我将开始入眠。逾此，天地与我不再相干。

有一些怪异的病
想要人所没有的东西。

"我们，我们也有一天要经历灵魂可哀的苦恼！"他们说，"在阿丹兰洞中，大卫，你恋慕池中的水。你说：'啊！谁会带给我从伯利恒墙脚下涌出的清凉的水。幼年时，我每借它解渴，但如今，我热病中羡望的水，它被幽禁着。'"

别羡望，奈带奈蔼，重尝昔日的水。

奈带奈蔼，切勿在未来中去追觅过去。抓住每一瞬间中再难重复的新奇，而别准备你的快乐；你应懂得在你所准备好的地方，使你惊奇的可能是另一种快乐。

何以你还不懂得一切幸福来自机遇，在每一瞬间它出现在你眼前，像一个乞丐出现在你的途中；让不幸落在你身上，如果你说你的幸福已早死去，因为你曾梦想的幸福与这不同——而你不承认是一种幸福，如果它与你的原则，与你的愿望不能吻合。

明日的梦是一种快乐，但明日的快乐又是另一种快乐，可喜没有事物能与自己所梦想的正相符合；因为每一事物的价值在于互不相似。

我不喜欢你对我说：来吧，我已给你准备下某种快乐；我已只爱由机遇中得来的快乐和我的声音使岩石涌出的快乐；这些新奇而强烈的快乐对我们正像从酒槽中流溢的新酒。

我不喜欢把我的快乐加以点缀，也不喜欢苏拉米特从一些大厅中穿过；为抱吻她我并不曾从我口角拭净葡萄所留下的点迹，接吻以后，我喝了好些甜酒也不能使我的口清凉；而我把蜂巢中的蜜与蜡同嚼。

奈带奈蔼，别准备你的任何快乐。

当你不能说：幸甚。说：算了吧！这其中就有着幸福远大的期许。

有些人把幸福的瞬间看作是神的赐予——而另一些人看作还另有谁能做这赐予？……

奈带奈蔼，别把神和你的幸福看作两回事。

"我不能不感激神创造了我,正像我不能抱怨他的不存在——如果我自己先不存在。"

奈带奈蔼,我们只应自然地谈神。

我很希望,承认"存在"以后,地的存在,人的存在,与我的存在也就显得自然,但我智力所不能理解的是,在"存在"中发现我自己时的惊怖。

自然我也唱过圣歌而我写过一首:

旋　曲
——关于神之存在的实证

奈带奈蔼,我将告诉你最美的诗兴即是那些关于神之存在的无尽的证据。不是吗?你懂得这儿并不在乎复述这些佐证,更不在乎仅仅的复述——再者其中有一些只证明"存在"本身——而我们所需要的还有存在的永久性。

当然,我知道有圣徒安瑟伦的论证,
以及尽善尽美的幸福之岛的童话。
但可惜!可惜,奈带奈蔼,人人不能都住在
那儿。
我知道有所谓公论,

但你，你相信少数选民。

有二加二等于四的证据

但，奈带奈蔼，并不人人都知道计算。

有第一个创始者的佐证，

但在他以前还有更先的。

奈带奈蔼，可惜当时我们没有在那儿，

否则该看到创造男人与女人；

他们该惊奇自己生下来不是小孩；

埃尔布卢斯的柏树厌倦生下来就已有了几百岁

而又在那些被水冲蚀成涧的小山上。

奈带奈蔼！要是那时能在那儿观望日出！由于什么惰性，使我们那时还未曾起身？难道那时你不求生吗？唉！我，我必然要求过……但，那时候，圣灵在水上恒久地沉睡以后，还几乎未曾苏醒。如果我能在场，奈带奈蔼，我一定会要求他把一切创造得更广大一些；但你别回答我，说那样也就没有事物能显出它的广大来[①]。

有结局论的佐证，

但并非人人都认为目的足以解释手段。

---

① "我能整个地设想另一个宇宙，"亚尔西特说，"那儿二加二并不等于四。""天哪，我才不信呢。"美那尔克说。——原注

有些佐证以人对神所感到的爱去证明神的存在。奈带奈蔼，这也就是何以我把一切我所爱的都叫作神，也就是何以我愿爱一切。别怕我数到你；再者，我不会先从你开始；多少事物令我比对人还喜欢，而在世上我所特别爱的自然不专及于人。因为，奈带奈蔼，你不要误会：我自身中最强的，决不是善良，同时我也不以为是最好的；而我对人们所特别尊敬的也决不是他们的善良。奈带奈蔼，爱人宁爱你的神。我，我也知道赞美神，我为他唱过一些圣歌，——而我还相信，这样做，有时对他多少估价得太高。

"如此建立体系使你那样地感到兴趣吗？"他对我说。
"没有比一种伦理观使我更感兴趣，"我回答说，"我的精神在那儿得到满足。没有一种我所尝味到的快乐我不设法使它归附在一种伦理观上。"
"那样使快乐增加吗？"
"不，"我说，"那样使快乐对我显得合法。"

无疑，我常喜欢某种学说或竟某种组织精密的思想体系能替我自己解释我的动作，但有时我只能把它看作是我耽于声色的屏障。

奈带奈蔼，一切事物都有定时；每一事物由于它的需要而产生，而也可以说只是一种赋形的需要。

树对我说："我需要肺，于是我的树液变成叶子，借以行使呼吸。当我呼吸以后，我的叶子枯落，但我并不因此而死灭。我的果子蕴藏着我对生命的全部思想。"

奈带奈蔼，别怕我滥用这一类寓言的体裁，因为我自己并不十分赞同。除生命以外我不愿教给你别的智慧。因为，思想每是一种焦虑。当我年轻的时候由于不息地监视自己行动的发展而感到疲惫，而事实上那时我仍不能担保不再触犯罪恶除非自己什么也不动。

于是我就写下：我肉体的得救仅归功于对我灵魂不可救药的毒害。以后我连那句话做什么解释也想不起来了。

奈带奈蔼，如今我不再相信罪恶。

但你应懂得仅由于多量的快乐才能获得些微思想的权利。一个能自认幸福而又思想的人，那人才称得起真正的强者。

奈带奈蔼，各人的不幸来自永远是各人在看，而把他所看到的认作次要于他自己。但并非为我们，而是为它自己，每件事物才有它的重要性。让你的眼睛即是那被看的事物。

奈带奈蔼！我不再能写下一行诗而不追忆起你那可爱的名字。

奈带奈蔼，我愿使你降生在生活中。

奈带奈蔼，是否你懂得我语意中的至情？我还愿更接近你。

而正像爱利沙,为使舒那米特的儿子复活——"偃卧着,口对着他的口,眼对着他的眼,手对着他的手"——我那闪耀着光辉的心挨着你那在黑暗中的灵魂,整个地偃卧在你身上,我的口对着你的口,我的额对着你的额,你冰冷的手在我火热的手中,而我那跃动的心……("孩子的身体温暖起来了",经中那样写着……)为的使你在欢情中苏醒——以后你就离开我——去过一种狂跃而放浪的生活。

奈带奈蔼,这儿是我灵魂的全副热情——拿走它吧。

奈带奈蔼,我愿教给你热诚。

因为,奈带奈蔼,别停留在与你相似的周遭;永远别停留,奈带奈蔼。当一种环境已与你相似起来,或是你自己变得与这环境相似,立刻它对你不再有益。你应离开它。没有比你的家,你的居室,你的过去对你更有害的。在每一事物中你只应接受它所给你的教育;而让流泻自每一事物的欢情使每一事物枯竭。

奈带奈蔼,我来和你谈"瞬间"。你可曾懂得它们"存在"时的力量?一种对死不够恳切的思念是不会对你生命中最小瞬间给予足够的价值的,而难道你不懂得除非把每一瞬间和这死的漆黑的背景相隔离,它是不会有这一种令人惊叹的光辉的。

我不再打算做任何工作,如果有人能对我说,如果有人能对我证明：我有的是可以去做的时间。在决定开始做一件事之先我将好好地休息，因为反正要做别一些事情也还有的是时间。我所做的事将全无选择，如果我不先知道这一种生命的形象是有止境的——而，生活尽这一种生命的形象以后，我将安息在比我每晚所等待的睡眠还更深沉，而更易忘的睡眠中……

因此我养成把每一瞬间从我生命中分隔开来的习惯，使其成一种孤立的、快乐的整体；使在瞬间中突然地集中整个的一种特殊的幸福；由此，即在最近的追忆中，我已不再认识我自己。

奈带奈蔼，只要能肯定，就已有着一种莫大的愉快：
海枣树的果子叫作海枣子，这是一种甘美的食品。
棕榈树的酒叫作棕榈酒，这是一种发酵后的树液；阿拉伯人酷爱此酒，我对它却并不很喜欢。在乌亚尔地美丽的花园中那卡拜尔牧童所献给我的正是一杯棕榈酒。

今晨当我在水泉区的一条小路上散步时，我找到了一朵异菌。
裹在白色的苞中，它很像木兰科植物的一种橘红色的果子，有着发自内部孢子细末所形成的灰色有规则的图案。我把它打开；其中充满着泥泞的物质，在中心处形成透明的冻液；它发散出一种令人作呕的气味。

在它周围，有着别一些已裂开的菌，和我们普通在老树干上所见到的相仿。

（这是我在出发去突尼斯之前写下的；这儿我给你重抄一遍为的使你明白每一事物当我对它注视时对我所具有的重要性。）

翁夫勒（街中）

有时我感到别人在我周围的骚扰只为的增强我自身个人生活的感觉。

> 昨天我在这儿；今天我在那儿；
> 天哪！这些人与我何关
> 他们说，他们说，他们说：
> 昨天我在这儿；今天我在那儿……

我知道有些天我对自己说二加二结果依然是四已足使我充满某种无上的幸福——只需看到我自己的拳头在桌上……

而另一些日子这些于我完全无可无不可。

卷　三

菩该塞别墅

在这喷泉的接水盘中……（阴晦）……每一滴水，每一线光，每一生命，欢情地死去。

欢情！这词，我愿不断地反复提到它；我愿它是"适生"，或竟"生"的同义词。

唉！如若神创造宇宙的目的不仅为这，那是人所不能理解的事，除非对自己说……

这是一处美妙清凉的地点，那儿睡眠的情趣是那样浓厚，像是历来所不曾有的。

而在那儿，甘美的粮食等待着我们饥饿的来到。

亚得里亚海（晨三时）

索具间那些水手的歌唱令我烦厌。

啊！古老而又那样年轻的大地，如果你知道，如果你知道在人短促的生命中所含的苦中带甜的滋味，这一种隽永的滋味！

表象永恒的观念，要是你知道死的临近的等待中所给予瞬间的价值!

春天啊!一年生的植物更急切地开放它们脆弱的花朵。人在生命中只有一个春天,而回忆一种快乐并不是幸福的一种新的临近。

飞亚索勒小山

美丽的翡冷翠,适于耽读的城市,富丽的城市,花的城市;但尤其是庄重的城市;桃金娘子和"修长的桂树"的冠冕。

文契利雅达小山。那儿第一次我看到云溶化在碧空中;那曾使我惊奇:因为我没有想到它们能那样地被天空所吸收,以为它们只能浓密起来,停留着直到下雨。但不:我观察到所有云朵一一消散——只留下 片碧空。这是一种卓绝的死;一种天空中的昏厥。

罗马平契峨山

那天引起我的快乐的,正像是爱那样的东西——那并不是爱——或者至少不是常人所谈的,所追寻的爱——那也不是一种美感。它并不来自一个女人;它也并不来自我的思想。我将写,但你是否懂得如果我说那曾只是光的焕发?

那天我正坐在这花园中;我看不到太阳;但空气闪耀着散光,像是天空的蓝色已变成流汁而下着雨。真的,可不是有着光波与光涡?青苔上光闪烁得像水珠似的。真的,在这道上人会说光在那儿流泻，而在这光的闪耀中，枝头满缀着金色的泡沫。

……

拿波利

海与阳光前的小理发铺。炎热的码头；进门时把活动帘子掀起。你就任他摆布。是否那将继续很久呢？寂静。鬓角上的汗珠。颊上皂沫的悚栗。而他，剃完以后又给修饰，用一柄更细的剃刀再剃，同时用一小块润湿温水的海绵使皮肤柔顺，使口角匀净。以后用清淡的香水他洗去留下的炙痛，又给涂上一层香膏。还不想动，我就索性让他理发。

亚玛尔非（夜间）

一些黑夜的等待
等待不知是哪种不知名的爱。

临海的斗室；这皎洁的月光，照在海面的月光，使我惊醒。

当我走近窗口：我以为已是黎明而我就会看到太阳的上升……但不……（事情很清楚而且已无须解释）月亮——温柔，温柔，温柔得像为海伦对第二个浮士德的迎接。荒漠的海。死的村庄。一只狗在夜中吠叫……窗口上的破布。

人无插足的余地。再无法理解这一切将如何苏醒。狗的极度的凄恻。白日将不再来。无法入眠。是否你将做……(这或那)：

你将到荒寂的花园去吗？

你将跑下海滩，在那儿去洗濯吗？

你将去采摘那些在月光下显得像是灰色的橘子吗？

你将用爱抚去安慰那狗吗？

（多少次我感到自然对我要求着一种动作，而我不知道给它哪一种。）

等待这迟迟不前的睡意……

在这围墙的花园中，一个孩子尾随着我，攀缘在轻擦着扶梯的树枝上。扶梯通往沿这花园的凉台；人像是无法进去似的。

啊！在树叶下我所抚摸的小小的脸！永不会有足够的阴影能遮掩起你的光辉，而你额上的发卷的影永远显得还更阴沉。

我将跑下花园去，悬身在常春藤和树枝上，而我将呜咽着柔情，在这些比一个大鸟笼中还更满溢着歌声的小树林下——直到暮色来临，直到夜的出现，它会使水泉中神秘的水镀上金色，而逐渐使它变得更深沉。

而在树枝下相互紧偎着的纤弱的身躯。

我用纤弱的手指抚摸他那螺钿色的皮肤。

我看到他纤弱的脚

无声息地踏在沙土上。

西拉叩斯

平底的小船；阴沉的天空有时向我们洒下温暖的雨滴；水草间淤泥的气味，茎干摩擦的声音。

水的深度隐灭这碧色的水源大量的流涌。寂无声息；在这孤寂的乡间，在这广阔的天然接水盘中，这正像是芦纸草间水的怒放。

突尼斯

在整个晴空中，只有为一张风帆所需要的白色，和它在水中的倒影的绿色。

夜。指环在黑暗中闪着微光。

月光下的闲游。一些和白日间殊异的思想。

沙漠上不祥的月光。墓场上的游魂。赤裸的脚踏在青色的石片上。

玛尔泰

在广场上夏日薄暮奇特的沉醉，当天色还很明亮，而人已不再有影子。极特殊的感兴。

奈带奈蔼,我来和你谈我所见到过的最美的花园:

在翡冷翠,人家卖玫瑰花:有些日子全市散播着花香。每晚我去喀西纳散步,而礼拜天去无花的婆婆利花园。

在塞维尔,靠近希拉尔达,有一个清真寺古老的院子;好些地方长着橘树,匀称地;院子其余的部分全用石片铺成;烈日的天气,人在那儿仅留下一个紧缩的小影子。这是一个方形的院子;非常美丽;但我不能给你解释为什么。

城外,在一个围着铁栏的广大的花园中长着很多的热带植物;我并不曾进去,但我隔着铁栏张望;我看到一些火鸡在跑,而我想里面有着不少驯养的动物。

关于阿尔卡萨,我将对你说些什么呢?这花园像是波斯的奇迹,和你谈到它时,我相信我喜欢它甚于所有其余的花园。我想到它,当我重读哈非士:

> 给我拿酒来
> 酒染我的长袍,
> 我为爱而醉
> 人却称我为智者。

小径上置备着喷水池;小径用大理石砌成,桃金娘与扁柏沿缀着小径。两面有着大理石的水池,那儿曾是宫妃们沐浴之处。你看不到别种花,除了玫瑰、水仙与木桂。花园深处，有一棵奇大的树，那儿人能想象钉着一只夜莺。宫的附近，别一些极低级趣味的水池令人想起慕尼黑王府庭院中的那些水池，那儿还有好些全用贝壳做成的雕像。

即在慕尼黑的御苑中，一个春天，我去尝味五月草的冰结连，邻近是那固执的军乐的奏演。听众并不高贵，但都像染有音乐癖似的。动人柔情的黄莺使黄昏出神。它们的歌，正像一些德国诗中的歌，令我消沉。快乐的强度达到某一程度时人很不容易超越而不落泪。这些花园的快乐正使我几乎痛苦地想到我也同样可以在别处。正是今年夏天，我学得特别能体味不同的"气温"。眼皮对这有着一种惊人的敏感。我记得在火车中的一个夜间，我特意站在窗口纯然为的尝味凉风；我把眼睛闭上，并不为的入眠，但全为体味风的接触。热度在整个白天令人喘不过气来，而那晚，风虽然还是温热的，但吹在我火热的眼皮上却显得清凉而流畅。

在格累内达，当我看到日耐拉里夫凉台上的夹竹桃时，它们都还不曾开花；在比萨的圣地与圣玛克修道院中我原希望看到满开着玫瑰，但那时也还未放苞。但在罗马，我看到平契峨山正在它最好的季节。在窒闷的下午，人们都去那儿乘凉。因为住得很近，每天我总上那儿去散步。那时我正生病而什么也不能思索；大自然沁入我的全身；由于神经的一种昏昧，有时我感觉到自己的身躯已失去界限，它伸展得更远；有时，欢情地，它像一块糖似的变得多孔；我溶化了。从我那时坐着的石凳上，已看不到使我感到困倦的罗马。高临着菩该塞花园，稍远处最高的松树的树梢正和我的脚相齐。啊！高坡上的台阶！从那儿空间投向远处。啊，空中的航行！……

我真愿夜间徘徊在法内塞花园中，但人不让进去。这些废墟上的令人惊叹的草木。

在拿波利，一些低地的花园，像一个码头似的沿着海而让阳光潜入。

在尼姆的水泉，充满由水管引入的明净的水。

在蒙特彼利厄的植物园中。我记得一天黄昏，像在学院花园中似的，昂勃乐合士和我坐在围植着墓柏的古冢上；我们静静地闲谈着，一面嚼着玫瑰花的花瓣。有一天夜间，从培鲁，我们看到远处的海而月光使它幻成银色；离我们不远，市镇水塔的瀑布潺潺做声；带白羽的黑大鹅在静寂的水中悠游。

在玛尔泰官邸的花园中，我带书去念；在古城有一个很小的柠檬树林；人称它为"il Boschetto"①；那地方使我们喜欢；我们啃食成熟的柠檬，最初那酸味简直令人无法忍受，但过后在口中留下一种清凉的余香。在西拉叩斯昔日曾坐监狱的那些惨酷的石廓中我们也啃过这些柠檬。

在海牙的公园中逡巡着一些驯良的斑鹿。

从阿夫朗什的花园中，人能看到圣密雪耳山，而远处的

---

① 意大利文，小树林。

沙土，黄昏，看去像是一种着火的物质。好些很小的城市中有一些可爱的花园；你忘去城市，忘去城市的名字；你希望重见那花园，但你已不知去路。

我梦想着摩苏尔的花园；人说那儿满开着玫瑰。梦想着俄玛歌吟过的那修比花园，以及哈非士歌吟过的喜拉斯花园；我们永将见不到那修比的那些花园。

但在皮斯喀拉，我熟悉乌亚尔地的那些花园。孩子们在那儿牧羊。

在突尼斯，除了墓场没有别的花园。在阿尔及的实验种植场（各种的棕榈科植物），我吃了以前我从不曾见到过的果子。而奈带奈蔼，我又将怎样和你来谈勃利达呢？

唉！温柔的是沙蔼尔的青草；再有你那橘树的花！你那浓荫！芬芳的是你花园中的香味。勃利达！勃利达！小小的玫瑰！开在初冬，我竟把你认错了。你的圣林中只有一些春天也不更新的树叶；而你的紫藤，你的葛藟正像那些只用来扔在火中的葡萄的蔓枝。从山顶滚下的雪落到你周遭；我在屋子中无法取暖，更不必提在你那些多雨的园中。那时我正读费希脱的《科学论》而自己感到对宗教的信心重又恢复过来。那时我是温良的，我说人应忍耐自己的悲哀而我设法把这一切都看作是德行。如今，在那上面我拂下我草鞋上的灰土；谁知道风把它已吹向何处？沙漠中的灰土，在沙漠中我曾遨游过像一个先知；石块干裂成碎粉；它烧痛我的双足（因为日光使它曝成异常炙热）。如今，让我的双足休息在沙蔼尔的青草上！让我们口中所出的是爱的语声！

勃利达！勃利达！沙蔼尔之花！小小的玫瑰！我看到你温暖而馥郁，舒放着叶子与花。冬日的雪已早逃跑。在你的圣园中你那白色的清真寺神秘地闪着光而常春藤躬身在花下。一棵橄榄树已被紫藤的花束隐藏起来。柔和的空气带来橘花的香味，即是细长的蜜柑树也发散出香气。尤加利树从它们高大的枝干的最高处脱下旧的树皮；失去保护的功用以后，它挂着像一件在日光下已成无用的衣服，像我那只为冬日适用的旧道德。

勃利达

茴香巨大的干茎（它们金绿色花开的光彩在金色的光下或是在静止着的尤加利树碧绿的叶子下）在这初夏的早晨，在我们所沿行的沙蔼尔的坦道上，它们有一种无以比拟的绚丽。

而尤加利树像显得出神或是静息着。

每一事物在大自然中所占的地位，无法超脱。周密的物理性的定律。在黑夜中挺进的火车，早晨满浴着朝露。

船上

多少夜，唉！我房舱中的圆玻璃，关闭着的窗洞，——多少夜，从我的卧铺上，我的目光注视着你，而我说：你看，当这窗眼开始发白时，晨曦就将出现；那时我将起身，我将抛去我的忧郁；而晨曦会把海面洗净；而我们将在不相识的陆地靠岸。晨曦已来到，但海面并不由此而宁静，陆地依然遥远无期，而我的思想飘撼在飘撼的水面。

浪涛的折磨仍耿耿于心。难道我将在这动摇的桅樯上去寄托一滴思念吗？我那样地想着。波浪，我不将看到只是晚风中水的飞溅？在波涛上我散播我的爱，在浪花的荒原上我散播我的思想。我的爱跃入在这些亘续不断且又不能分辨的浪花中。它们过眼即逝。永远动荡无定形的海；远离着人们，你的浪花才沉默无声；没有东西能阻拦它们的流动性；但也无人能聆听它们的寂静。在最脆弱的小舟上它们已激动做声，而那声音令人相信暴风雨时的喧嚣。大浪默默地推进着，继承着。它们追随着，每一浪涛轮流地掀起这同一滴水，但几乎没有移动水的位置。只是浪涛的形象前进着；水顺从着，和它们脱离，而从不伴随它们。任何形象只在很小的瞬间会合在同一事物上。它不断通过每一事物，接着就离开这事物。我的灵魂！别使你自己依恋在任何思想上。把它抛向海面的风去，让风给带走；你永不会由你自己把它带上天去。

浪花的动荡，是你，使我的思想变得那样摇晃不定！在浪涛上你将建立不起任何事物。在每一重量之下它都逸走。

在这些东西的漂泊，在这些沮丧的逸航之后，温柔的港口是否终将出现？那儿我的灵魂，最终得到安息以后，在灯塔近旁坚固的码头上，将凝视大海。

卷　四

一

那晚我们在翡冷翠小山上的一个花园中
（那面对着飞亚索勒的小山）
聚会：

"但你们——昂格耳、伊堤、棣笛乐——你们不会知道，"美那尔克对他们说（奈带奈蔼，如今我用我的名义把他的话向你复述），"那燃烧我少年时代的热情。我愤懑于时间的飞逸。必须选择对我每是最难堪的事。选择一样东西对我显得与其说是拔萃，毋宁说是抛开没有被我所选上的事物。我惊骇地理会得时间的狭隘，而'时'却又只是单面的；在这条线上——纵然我愿它是广阔的一线——我的欲望必然地遭遇相互的霸占。我所干的永远只能是'这'或是'那'。如果我干了这一件，另一件立刻对我变作是一种遗憾，而我常呆着再也不敢下手，惶惑地张着双臂，生怕要是我把它们一合下去，所抓住的只是'一件'东西。我生活中的谬误在于此后不长时间地继续一件工作，在于不知决然放弃一些别的工作。由此所得的事物都是付出了太高的代价，而任何论证也不能援助我脱出这种困境。踏进一个快乐的市集，而能支配的（托谁的福？）只是极微的款项。去支配和挑选，也即从此永远地放弃余下的一切，而这大量的'余下的一切'却远胜于任何单独的一种。"

"由此，我憎恶对人间任何事物的'占有'；怕的此后所有的就只是那占有的部分。"

"商品！粮食！种种获得之物！何以你们非在争执中才能给予？我知道人间的物力有尽（虽然它们能不绝地更替），而我所喝尽的杯子，对你，我的弟兄，这杯子即是干的（虽然水泉就在邻近）。但你们！你们这一些不属于物质的思想！不遭强占的生活方式，科学，神的认识！你们这一些真理之杯，一些永汲不尽之杯，何以在我们的唇间也犹豫你们的流注，当一切我们的渴欲不足以使你们干涸，当你们永清的水流泛溢着为每一求饮之唇？——如今我懂得这伟大神泉中每一滴水都是相等的，而最微的水滴已足使我们沉醉，已足启示我们神之宏大与一体。但在那时，什么能是我的狂妄所不希求的呢？我羡望着各种方式的生活，一切我看到被别人所做的，我愿自己也能做到；没有做的，就接着去做——相信我！——因为我很少畏惧疲乏，痛苦，而相信它们都曾是生活所给予的教训。三周间我曾妒忌巴美尼特，因为那时他正学习土耳其文；两个月后，又妒忌戴遏陀慈，由于他从事天文。如此，为的不愿使自己有止境，我对自己所画的只是一个极模糊，极不确切的轮廓。"

"美那尔克，告诉我们你的生活。"亚尔西特要求着。

美那尔克接下去说：

"在十八岁那年，当我正结束初步的学业，精神倦于工作，心头空虚，对生感到疲惫，身躯由过度的约束而起反抗，于是，借着我那流浪的狂热，我就无目的地出发我的行程。我认识过一切你们所知道的：春天，大地的气息，田野间野草的开花，溪边的晨雾，牧场上薄暮的烟雾。我经过很多城市，但哪儿也不愿停留。幸福的人，我那样想，该是对世间的事物无牵无挂，怀着他那永生的热诚经历这恒久的动态。我憎恶炉边，家，一切能引起人觉得安息的处所；我也憎恨那些牵续的情谊，情人似的忠心，思想上的成见——总之，一切损及正义的东西；我曾说我们应该时时准备着接受每一种新的事物。

"书本指示给我每种暂时的自由，而这自由只为的选它的束缚，或至少它的笃信，正似蓟实飘着，荡着，为的寻觅沃土去固定它的根须——它只在固定的时候才能繁茂。但在课堂中听得：人们并不受理论所指引，而对每一种理论都可以找得一种敌据，有时，在这漫长的道中，我从事于这敌据的探找。

"我生活在永久的、愉快的等待中，等待这任何样未来的来到。像一些等待答复的问题，我使我在每种欢情前所生的渴慕立即享有它所期待的快乐。我的幸福源于每一水泉启示给我一种渴念，而在无水的沙漠中，不得解渴，我仍爱这烈日下自己热病的赤诚。黄昏时出现的绿洲,由于整日的期待显得分外清凉。在烈日下沙质的广漠上,自己像在昏沉的睡眠中——热度是那样高,即在空气的波动中——我仍感到生命的跃动,无法入眠,晕厥在天际,而在我足下涌满着爱的生命。

"每天,每一小时,我不再探求别的除非是更简朴地深入自然。我有不为自己所束缚的这一种珍贵的天赋。过去的回忆除了给我的生命以统一性之外对我没有别种力量:这正像联系西修斯与他以往的爱的那条神秘的线索,它并不曾阻拦西修斯经历最新奇的景物。纵使这线索也被打断……神奇的新生!我常尝味到,在清晨的旅程中,一种新生命的存在,一种感觉上的温馨——'诗人的赋性',我惊叹着,'你的是一种永久的机遇'——因而我接受着各方的事物。我的灵魂是开在十字街口的旅栈;有愿进去的,就进去。我使自己成为延性的,可亲的,使自己一切感官都准备着接受外物,使自己专心,倾听,直至消失一切个人的思想,获得一切瞬间的情绪,而所起的反应是那样微弱;为的不否认一切,我不再认世间有坏的事物。而且,不久我注意到在我对美的爱好中极少借助于对丑恶的憎厌。

"我憎恶精神上的疲倦,知道它全由烦闷而起,主张人应预计事物之多面性。我息无定所。我睡在田野间。我睡在原野上。我看到黎明抖擞在大捆的麦束间;乌鸦惊醒在山毛榉的丛林中。晨间,我在露草上洗面,晨光晾干我湿透的衣服。

谁能说乡间有比那一天更美：我看到丰盛的收获在歌声中载回家去，以及那些挽在滞重的牛车上的牛群。

"有一时候，我那样地满溢着快乐，我想把这快乐告诉另一人，指示给他在我生命中所以能使这快乐持久的原因。

"傍晚，在一些不知名的乡村中，我看到白天分散的人们在炉边重聚起来。工作疲累的父亲回到家来；孩子们从学校回来。家门一时被打开，透露出光、热与笑声，接着这门在黑暗中重又紧闭。一切流浪的事物此后再无法闯进屋去，在屋外抖索着寒风。——家，我憎恨你！紧闭的巢窠；紧闭的门户；幸福嫉妒的占有。——有时，藏在黑夜中，我倚身在玻璃窗前，很久地静观室内的动作。父亲坐在灯旁；母亲在缝衣；祖父的座位空着；一个孩子在他父亲身旁温习功课。——于是，我的心满溢着想把这孩子带走的欲望。

"第二天，我又看到这孩子，当他散学回来；第三天我就和他说起话来；四天以后他离弃一切跟着我跑了。我使他的双眼睁开在这原野的光辉前，他懂得这一切为他而展开着。我教育他的灵魂，使它变成更流浪，最终变成更愉快——接着，我教育他使他能脱离我，使他能认识孤独。

"独自，我尝味到孤傲强烈的快乐。我爱在日出前起身；我把太阳唤上茅屋；我喜听百灵鸟的歌唱，我以朝露做我的晨浴。我爱极度的简朴，吃得那么少致使我的头显得极轻捷，致使一切感觉对我都成为一种陶醉。此后我喝过各种酒，但我知道没有一种曾给我像这寡食所引起的眩晕，像在这阳光未升而我还没有躺倒在稻草堆中,这原野的动摇那种感觉。

"我所带的面包,我把它留着有时直到自己再不能支持的时候;那时我像更能亲切地体味自然,而自然也更深入我的心坎;这是一种外来的流向;我用我一切敞开的感官接受它的出现;我整个地被吸引在那儿。

"最后我的灵魂充满起诗情,而由于自己的孤独,这诗情变得更高昂,到傍晚它使我疲瘁。我借自傲支持着,但后悔依莱耳已不在,不能像上年似的宽解我那不然将成太狂野的心境。

"傍晚,我每跟他谈谈;他自己也是诗人;他懂得一切谐和。宇宙间的一举一动对我们像变作一种公开的语言,在这语言中人能认出每一动作的起因;由于它们的飞翔我们学得认辨各种虫类,从它们的歌声中我们认辨出不同的鸟类,我们认辨女人的美由于她在沙土上留下的足迹。他也被这一种冒险欲所制服,这种欲望的力量使他变得大胆。我们心的怀春!无疑地,任何样的光荣及不上你!愉快地我们期待着一切,纵使设法去疲乏我们的欲望总是徒劳。我们的每一思想是一种热诚;嗅觉对我们有着一种奇特的辛辣。我们消损我们光辉的青春,为的等待一个美丽的未来,而这指向未来之路对我们从不显得太长,在这路上我们大步地前进着,嚼着篱间的花朵,使口中充满蜜的甜味以及一种隽永的苦味。

"有时,经过巴黎,便在自己曾消磨过勤读的儿童时代那幢房子内留住几天或几小时。那儿一切都是静悄悄的,由于无人照顾，家具上堆积着一些衣杂之类。执着灯我从这一间走到另一间，也不想打开那几年来紧闭着的百叶窗，或是撩起那充满着樟脑味的帘子。室内的空气变得极滞重，饱和着一些气味。只有我自己住的那间房子始终齐备着。在那最阴暗与最静寂的书房中，书架上与桌上的书依然保持着我从前安排的位置；有时我抽阅一册，在灯前，虽然那是白天，我幸福地忘去时间；有时也把钢琴打开，在记忆中搜觅旧时曲子中的音节，但能记起的仅是一些支离不全的；为的不使自己感伤，我把钢琴关上。第二天，我又已远离巴黎。

"我那天性充满着爱的心，流质似的散泻在四方；没有一种快乐像是属于我自己的。我每邀请任何遇到的人去分享这快乐；而当我独乐的时候，那只全凭着孤傲。

"有些人责备我自私；我责备他们愚妄。我志在不爱任何一个人，男人或女人，而仅爱友情、感情或爱情。当我把爱给予一人的时候，在我只是徇人之意，因为我不愿从而就不爱另一人。我也不愿霸占任何一人的身与心；像对自然一样，对人间我也是游牧者，不停住在任何处所。一切偏爱在我认为是反正义的；愿与众人处，我不把自己给予一人。

"对每一城市的追忆中我联系着一次纵乐的回忆。在威尼斯，我加入化装舞会；提琴与笛的合奏伴着行乐的小艇。别一些满载少男少女的小艇追随着。我们到里陀去待日出，但当太阳上升的时候，我们已都疲乏地睡了，因为那时音乐已早停止。但我甚至爱好这些假作的欢乐所留给我们的疲倦，和这晨醒时的头晕,这些都使我们感到欢乐已早凋残。——在别的港口,我知道跟海舰上的水手们做伴;我走入阴暗的小巷,但我谴责自己的经识欲——我们唯一的诱惑;在一些陋室附近我离开水手们,自己重回安静的港口,那儿夜之沉默的忠告复述着这些小巷之忆,从小巷中,飘渺地,传来怪异与至情的喧噪。我更爱田野间的财宝。

"可是,在二十五岁那年,并非已倦于旅行,而是被这一种游牧生活所产生的过度的自傲忧苦着,我理解,或我自信,以为自己已足适应一种新的生活方式。

"为什么?为什么,我对他们说,还跟我来谈论出发新的旅程;我很知道,在一切路旁,花又重开;但如今这些花所等待的是你们。蜜蜂采蜜只在一个时候;以后它们就从事于收藏。——我回到被遗弃的故居。我从家具上把散堆的衣杂收起;我打开窗户;利用我流浪者非预为打算不可而留下的积蓄,我使自己的周围积贮起一切我能获得的珍贵的或是易碎的物件、花瓶、珍版的书籍,尤其是一些由于我对绘画的鉴识因而能低价得来的画幅。如是十五年,我像一个悭吝人似的从事积蓄。我尽力使自己充实;我教育自己;我习得奏演各种乐器;每天中的每一小时都用在一种得益的学习上;历史与生物学尤其占我最大部分的时间。我熟悉各种文学。我珍惜一些由于我宽大的心与我固有的高贵使我不能羁脱的友情;这些友情对我比任何一切都珍贵,但,就对这些,我也不大放在心上。

"五十岁那年，时间已经来到，我就把一切都卖了，而且由于我对每件买进的东西认辨力的精到，到卖出时价值无有不已增高，两天中我就得了一笔很大的财产。我把这整笔财产安放得使我永远能自由处置。我绝对地把一切全卖了，因为不愿留下任何能引起昔日之忆或是任何带个人性的东西在这世间。

"当宓地勒伴我走在田间的时候，我常对他说：'从这可爱的清晨，这雾，这光，这一种大气下的清新，和你自身脉搏的跃动，这些事物的感觉将怎样地给你以更大的快乐，如果你能把你自己整个放在其中。你以为在那儿，可是你生命中最宝贵的部分却幽闭着；你的妻儿、你的书本和你的研究强霸着你生命中最宝贵的部分而使它不能显示在神前。

"'你以为能够在这指定的瞬间尝味到生命强烈的、整体的、直接的感觉——而不先忘去与这感觉无关的一切？你的思想习惯束缚着你；你生活在过去中，在未来中，而你不知道自然地去感受。我们的价值，宓地勒，只在这生命中的瞬间；当任何待到的未到之前，一切过去在这瞬间逝去。瞬间！宓地勒，你将懂得它存在时的力量！因为我们生命中的每一瞬间都是绝对不能追替的：愿你有时在瞬间中整个集中你自己。

"'如果你愿意，如果你知道，宓地勒，在这瞬间，无妻无儿，你将在这世间独自地站在神前。但你忘不了他们，而把你的过去、你的情爱，一切你在人间的顾虑全放在你身上，像怕会丢失了他们似的。在我，在任何瞬间，我的爱等待着我，给我一种新的惊奇；我永远认识它，但从不追认它。你不曾疑心到神能采取种种形象；如果一心凝视一种且对它恋恋不舍，结果你什么也看不明白。你崇敬的固定使我难堪；我愿它是扩散的。在一切你所紧闭的门后，神正在那儿。所有神的形象都是可爱的，而一切都是神的形象。'"

"……既得财产以后，最初我就装置起一只船来，带了三个朋友、一些船员以及四个小水手来到海上。我爱上了其中最不美的一个。但即使对他那爱抚的温柔，我宁愿静观浪涛的澎湃。黄昏，我进入一些怪异的港口，有时整夜寻欢，以后，在晨曦未到之前我就离开这些港口。在威尼斯我认识一个姿色绝美的娼妓；二晚我依恋在她身边，因为她长得那么美，在她身旁，我竟忘去我其他欢爱中所尝到的快乐。正是她，我把我的船出卖或是说送给了她。

"我在科摩湖上的宫殿中住了几个月。那儿聚集着一些最温良的乐师。在那儿我更招来一些懂事而善谈的美丽的女人；黄昏，我们促膝而谈，一面音乐师给我们奏着音乐；以后，跑下门前的大理石阶，石阶最后的几级已被水溅湿，我们到漫游的小艇上在桨声恬静的节奏中去安息我们的欢爱。归途沉沉，小艇突然在靠岸时惊醒，倚在我怀中的懿蒂安，无声无息，走上石级。

"翌年，我住在离海滩不远，宽旷的房台公园中。三位诗人歌吟我对他们的款待；他们也叙说那些有着鱼与水草的小池、植着白杨的坦道、孤立的橡树、榛树的花球以及公园的整洁。秋天来到的时候，我令砍倒一些最高大的树木，我爱使我的居处显得荒寞。没有事物能叙说这公园的景象，那儿我们一大群人徘徊着，漫游在丰草未除的小径上。广道上自端至末能听到樵夫的伐木声。穿过这些道路，衣裾常给树枝缀住。这展开在伐倒的树木上的秋天是一种极绚烂的景象。这种壮丽使我很久不能再设想别的，由此我认识我的衰老。

"此后我又住过阿尔卑斯山高地的木屋；玛尔泰的一座白宫，附近即是古城发散香味的小树林，那儿柠檬有着橙子带酸的甜味；在达耳玛地我住在一辆浪游的四轮车上；而如今在这翡冷翠小山上的花园中，这正对飞亚索勒的小山，即是今晚我把你们召集在一起的地方。

"别太以为我幸福的取得全凭时机；自然，这些对我都有帮助，但我并不曾利用它们。别以为我的幸福全得助于财富；我的心对世间的一切不做依恋，始终是空的，而且将很容易地死去。我的幸福来自热诚，一切事物都曾惊愕地引起我的崇敬。"

二

我们那时所在的宽广的露台（通以螺旋形的扶梯）高临着整个城市而在浓密的树叶间，正像一只系缆的巨船；有时它似乎在向城市前进。今年夏天，有时我跑上这想象中的巨船的高层甲板，在街头的嘈杂以后，去尝味夜之默思的沉寂。一切喧声上升时都变得微弱；这正像海面的浪花，来到这儿激成泡沫。它们还鼓着澎湃的波涛上升，在墙脚根扩散开来。但，我攀登得更高，直到浪花不能再达的地方。露台末端，能听到的已仅是木叶的萧萧与夜之惊惶的呼声。

齐植在广道两旁的绿色的橡树和无穷尽的桂树直达天际，那儿也正是露台的尽头；可是，一些圆形的栏杆，有时，更往前伸，突出着而形成像是天空中的一些眺台。我独坐在那儿，陶醉在沉思中；在那儿，我感到像漂在海中。在城市的另一面，阴沉的小山上，天际幻成金色：从我所在的露台上，细枝垂向光辉的落日，或是一些几乎无叶的枝条挺向夜去。从城市中升起烟样的东西；这是受光反照后飘扬的尘土，但上升至无光处已不再见。有时，在这过热的夜的恍惚中，像是漫不经意地涌出不知从哪儿放射的火箭，它疾驰着，追随着，像是在空间的一种叫声，闪烁着，旋转着，而在它神秘的怒放声中，重又散乱地落下。我更爱有些火箭：它们金灰色的火星落下得那样缓慢，而那样自如地散泻开去，以后，看着星光是那样的奇异，以为它们也是这突发的幻景的产物，而在火星散落以后，看着它们依然缀在天空，你就惊奇……过后，慢慢地，你认清每颗星仍系连在它的星座上——而这更使人沉入在一种出神的感觉中。

"时遇把我处置在我所不悦的境地中。"若瑟说。

"算了吧！"美那尔克回答着说，"我喜欢对自己说：没有实现的事物是本就不能实现的事物。"

三

而那晚他们所歌吟的正是果子。在美那尔克，亚尔西特，和其余集在一起的几位面前，伊拉斯歌吟起：

石榴之歌

> 三粒榴实，无疑，已足
> 使泼罗赛萍兜引起她的回忆。

长远地你还得寻觅
灵魂难能的幸福。
肉欲之乐与感官之乐
让另一人，如果他喜欢，去定你们的罪，
苦味的肉欲与感官之乐——
让他去定你们的罪——我，我不敢。
——必然，热诚的哲人迷弟厄，我钦佩你
如果在你思想中的信仰使你
信精神之乐强于一切。
但并非智者都能有这种爱好。

而必然,我也,我也爱你们:
我灵魂生死之战栗,
心之乐,精神之乐——
但我所歌的是行乐。
肉欲之乐,柔顺如青草,
悦目如篱上之花。
刈除后凋残得比牧野上的零陵草,
比一触即谢的绣线菊还快。

视觉——我们感官中最易引起忧患的……
一切我们不能触摸的使我们忧苦;
智能理解思想易于
我们的手攫得我们眼所羡望的。
啊!奈带奈蔼,但愿你所羡望的是能触摸的事物,
别追求比这更完美的获得,
我感官中最温馨的快乐
曾是渴时得饮。

无疑地,原野朝阳初升时的浓雾是美的,
太阳是美的;
对我们赤裸的脚是美的,那湿的大地
和那被海水湿润的沙土;

泉水中入浴是美的；

在黑暗中我的口唇和不相识的口唇相接……

但对果子——果子——奈带奈蔼，我将说什么？

啊！说你未曾认识果子，

奈带奈蔼，令我失望的正是这。

它们的果肉纤细而多汁，

甘美如带血之肉，

鲜红如伤口流注之血。

这些果子不需要，奈带奈蔼，特种的渴；

它们被装在金色的筐中；

其味最初令人心呕，一种无以比喻的无味；

它不能令人追忆起任何种我们地上的果子；

颇似太熟的番石榴，

果肉像已消失；

但过后则在口中留下酸涩；

只有再吃一个新的才能治愈这酸涩；

但这愉快也只在

这尝味液汁的瞬间；

而这瞬间显得更可爱

由于此后这无味变得令人作呕。

果筐很快地就空了

我们留弃着最后的一个

不欲分享。

唉！奈带奈蔼，此后谁懂得我们唇间
苦涩的焦灼？
没有水能洗净我们的口唇。
即在灵魂中我们也为对这些果子的欲望痛苦着。
整三天，在市集中，我们寻觅这些果子；
但它们的时节已过。
奈带奈蔼，在我们的旅程中，哪儿是
一些新的果子为给我们以别的欲望？

有的果子我们将在凉台上吃。
在大海与落日之前。
有的浸渍在冰糖中
和以少许酒精。

有的从围在墙内
那些被保留的园中的树上采来，
而在夏季的阴凉处吃。

人家将放上一些小桌；
树枝一被摇动，
果子将在我们周围落下，

枝上昏睡的苍蝇将从而惊醒。
落下的果子，拿来装在大碗中
而它们的香味已足使我们沉醉。
有的它那果皮沾唇，除非太渴人家不吃。
沿着那些沙质的道上我们找到好些；
它们闪烁在带刺的叶间
当我们想采摘的时候我们的手为刺所破，
而我们的渴不因此而解。

有的，用作蜜饯
仅以日光曝之。
有的，果肉经冬仍酸
啮之则齿酸痛。
有的，纵在夏季，果肉始终是凉的。
人们在小酒店中，
蹲踞草席而食。

有的，当不能再找得的时候
它的回忆即是一种渴。

奈带奈蔼，是否我将跟你谈石榴？
在这东方的市集上，几文钱就能买到，
在芦席上它们坍落开去。

有的在灰尘中打滚

为赤裸的孩子们拾去。

它们的果汁微酸,恰似未熟的覆盆子。

它们的花似以蜡制;

色与果同。

密藏的财富,蜂巢之分隔,

味浓,

五边等角形的建筑。

果皮裂后;实落,

血实在蓝色的杯中;

别的,金粒,在古铜釉彩的盘中。

如今请歌无花果,夏美纳,

因它的情爱蔽而不显。

我歌无花果,她说,

它的情爱蔽而不显。

密室中自庆喜节;

无香外泄。

因未发散,

香味成美味。

不丽之花;快乐之果;

果子即其成熟之花。

> 我已歌无花果，她说，
> 如今请歌花卉。

"必然，"伊拉斯接着说，"我们还没有歌尽一切果子。"
诗人之天赋：为李而感动。
（花的价值，对我，仅由于它是果子的先兆。）
你还不曾谈李子。

> 而篱边酸味的小野李
> 受寒雪而转甜。
> 枇杷放到烂时才吃；
> 而枯叶色的栗子
> 人让在火边爆裂。

"我记得在那寒冷的日子我从雪中采来的那些长在山上的青黑色的小浆果。"

"我不喜欢雪，"罗戴说，"这是一种神奥的物质而尚未决定成为大地的一部分。我憎恶它异常的白色，那儿留止着一切景物。它是冷的，它拒绝着生命；我知道生命在它掩覆之下，受它保护，但除非使它溶化，生命不能更生。因此，为植物计，我愿它是灰色的，污浊的，溶化得已将成水。"

"别那样地谈雪，因为它也能是美的，"庾立克说，"只在太多的爱情使它快到溶化的时候，它才显得忧愁与痛楚；你喜欢爱情，所以你喜欢它是半化的。但在它能胜利的地方它是美的。"

"我们不再谈这些，"伊拉斯说，"当我能说：幸甚！你就不必说：可惜！"

那晚取歌谣的体裁我们每人歌唱：麦里裴唱——

最著名的情人之歌

苏来伊加！为你我停住
这献爵官给我斟上的酒。
为你，波阿布提尔，在格累内达，
我灌溉日耐拉里夫的夹竹桃。
我是索来曼，当你，拜耳克斯，从南方的省区向我来提出谜语。
泰玛，我是你的兄弟亚姆农，他因不能占有你而死。
培特沙裴，当我追随着一只金鸽直到我宫殿最高层的楼台，我见到你赤裸着正预备入浴，我就是为我自己而使你丈夫杀身的大卫。
为你，苏拉米特，我曾唱过人家信为是宗教的歌。
福那利那，我正是在你怀中因爱而呼喊的人。
索培伊特，我是你早晨在通向广场去的路上遇见的奴隶；我在头上顶着一只空的筐子，而你令我跟着你给装满柠檬、黄瓜、杂色的香料以及各种的糖食;接着,因为我使你喜欢而我向你诉累,你愿意把我留宿在你两位妹子,和三位王子的身旁。我们每人轮流地倾听别人或讲述自己的故事。当轮到我讲的时候:我说在没有遇到你以前,索培伊特,在我生命中没有故事;如今我怎么还能有故事?你不就是我整个的生命?——这样说着他饱餐果品。(我记得很小的时候,我常梦想《天方夜谭》中常提到的干蜜饯。此后我曾尝过用玫瑰汁做的,而一个朋友和我谈起过用荔枝所做的干蜜饯。)

阿利阿德尼,我是旅人西修斯
把你遗弃给巴卡斯
为的能继续我的行程。

攸利堤斯,亲爱的,在你,我是
因为被跟随得心烦,以一瞥
把你弃绝在地狱的奥尔否斯。

接着,摩波雪斯唱——

不动产之歌

当河水开始涨时,

有些人避往山中；

另一些人说：淤泥将使我们的田野肥沃；

另一些人说：这是破灭；

另一些人则什么也不说。

当河水涨得很高时，

有些地方还能看到树木，

另一些地方能看到一些屋顶，

钟楼，墙，更远处一些小山；

另一些地方已什么也看不到。

有些农人把他们的牧群赶上小山；

另一些把他们的孩子带在船上；

有些人带走珠宝，

食物，纸票，以及一切能生利之物。

有一些人什么也不带走。

这些在舟中逃生的人，

醒在他们从不相识的土地上。

有一些醒在美国；

另一些在中国，另一些在比鲁海岸。

有一些人就不再醒。

以后瞿慈曼唱——

病之旋曲

这儿我只预备把它的末段记录下来：

……在达密埃塔，我染了寒热。
在新加坡，我看到我身上满缀着白色与紫色的疹子。
在火地，我的牙齿全落。
在刚果，鳄鱼咬去我一只脚。
在印度，我得了痨病，
它使我的皮肤变成异样的绿而像透明似的；
我的眼睛像是伤感地张大。

我生活在一个光芒的城市；那儿每晚发生各种的罪案，可是，离港口不远，继续漂着一些装罪犯的船只而从不能装满。一天早晨我从其中的一只船上出发，当地的总督交给我四十名划手任我支配。四天三晚我们航行着；他们为我用尽他们堪惊叹的臂力。这种单调的疲劳使他们骚扰的生气镇定；他们倦于鼓动这无尽的水浪；他们变得更美，更带梦幻，而他们过去的回忆飘向无际的海去。傍晚我们进入一个纵横运河的城市，一个金色或是灰色的城市，而人由于它是褐色或金色称作阿姆斯特丹或威尼斯。

四

黄昏，在飞亚索勒小山下的那些花园中，在翡冷翠与飞亚索勒半途之间，薄伽丘的时代，旁非尔与菲亚美达曾在这些花园中歌唱——光线太强的白昼逝去——在并不黑暗的夜间，夏美纳、棣笛乐、美那尔克、奈带奈蔼、海伦、亚尔西特，和还有一些别的都聚集在一起。

由于热度太高，我们在凉台上小食以后便跑下园中小径，如今，音乐停后，我们在桂树与橡树下闲散，等待着时间的到来，去躺在为一棵绿色的橡树所隐蔽的水泉旁的草地上，长时间地安息我们白日的困倦。

我在人丛中来去，只听到一些断续的谈论，虽然大家都在谈论着爱。

"一切欢情都是好的，"蔼里法斯说，"而值得尝味的。"

"但并非一切欢情人人都须去尝味，"铁布耳说，"选择是必要的。"

稍远处，岱琅斯在对妃特儿与白希勒讲述：

"我曾爱过，"他说，"一个卡拜尔种的女孩子，黑的肤色，健美的肌肉，但还未完全成熟。她在最尖锐且已是消沉的欢情中保持着一种令人不知所措的严肃。她是我日间的烦厌，夜间无上的快乐。"

夏美纳和伊拉斯说：

"这是一颗常需要人去吃它的小果子。"

伊拉斯唱：

有一些小小的欢情对我们正像长在路边被偷窃来的酸味的小果子，而我们希望是更甜的。

我们坐在靠近水泉的草地上：

……在我附近，有一忽，一只夜鸟的歌唱比他们的谈话更吸引着我；当我再开始听的时候，伊拉斯正在说：

……我的每一感官有它自己的欲望。当我想回到我自己那儿去时，我发现我的男女从仆全在我的桌上；我已再得不到一个最小的座位。上座为"渴"占据着，另一些渴正和他在争执。全桌骚扰不堪，但他们联合起来反对我。当我想走近桌子时，他们一齐站起来反对我，醉了似的；他们把我从我自己那儿赶走；他们把我拖出门外，我就去给他们采摘葡萄。

欲望！美丽的欲望，我将给你们带回压碎的葡萄；我将再给你们斟满那些巨大的杯子；但让我回到我自己的居处——而让我当你们在沉醉中入眠的时候还能戴上冠冕——在常春藤的冠下遮掩起我额上的忧虑。

沉醉侵占着我，而我已不能再听；偶尔，当鸟雀的歌声静止时，夜像静寂得只有我一个人在那儿对它默思；偶尔我又像听到一些突发的声音混合在我们大群人的语声中：

我们，我们，这些声音说，我们也曾认识我们灵魂中可悲的烦恼。
欲望不让我们安静地工作。
……今夏，我的一切欲望都感到焦渴。
好像它们曾穿尽了沙漠。
但我拒绝给它们饮料，
因为我很知道它们饮后就得病。

（有些葡萄上安息着遗忘；有些葡萄上蜜蜂在觅食；有些葡萄上逗留着阳光。）
一种欲望每晚坐在我床头。
每天早晨我发现它在那儿。
它整晚看守着我。
我步行；我想使我的欲望疲倦；
但我所能困累的只是我的躯体。

克莱渥达丽士,如今请歌——

我一切欲望之旋曲

我不知道那晚我曾梦见了什么。
当我醒来时我的一切欲望都感到焦渴。
好像在睡眠中,它们曾穿尽了沙漠。
在欲望与烦恼之间,
起伏着我们的忧念。

欲望!你将永不疲乏?

啊!啊!啊!啊!这一点小小的飘过的欢情!——而不久它将过尽!

唉!唉!我知道怎样去延长我的痛苦,但我不知道如何去驯服我的寻乐。

在欲望与烦恼之间,起伏着我们的忧念。

而全人类对我显得像是一个回到床上去睡的病人——他寻觅安息,但连睡意也找不到。

我们的欲望已穿尽不少世界:
它们从不曾有过满足。

而整个自然界挣扎在
求安息与求欢情之间。

在荒漠的室内
我们喊出求援的呼声。

我们攀登高楼
四面除夜一无所有。

沿着干裂的堤岸，
牝犬，我们哀声吠叫着；
牝狮，我们在奥累斯怒吼；骆驼，我们啃食盐湖中灰色的海藻，吮取空心的干茎中的液汁；因为在沙漠中水分不足。
燕子，我们穿过
无处觅食的无际的海；
蝗虫，为养活我们自己，我们只能破坏一切。
海藻，我们受暴风雨摇撼；
雪花，我们为狂风所席卷。

啊！为得无尽的安息，我祈求康健地死灭；此后我衰惫的欲望将不再供充新的轮回。欲望！我牵曳着你跑遍行程；我使你在田间忧苦，我使你在大城市中饱醉，使你饱醉但并不曾使你止渴；我使你浴在月夜；我带着你四处行散；我在波涛上轻轻地摇着你；我想使你在浪花上入眠……欲望！欲望！我更将怎样处置你？你要的是什么？难道你将永不疲惫？

月亮出现在橡树枝间，和平时一样，单调而美丽。如今他们四五成群地在闲谈，而我已只听到一些零乱的语句；似乎每个人都在和其余的人谈论爱，但并不注意是否有人在听他的谈论。

以后语声沉寂下去，而当月亮在橡树更浓密的枝间隐灭，他们就在落叶上相倚而睡，虽已不去理解，但仍倾听着最后的几个男女发言，不久，他们低微的语声传达到我们这儿，已给掺杂着藓苔上溪流的耳语声。

于是夏美纳站起身来，在做一个常春藤冠，我闻到那被撕碎的叶子的香味。海伦解开头发使披散在她的长袍上，而拉徙尔则去采觅潮湿的苔藓用来润眼，使眼安睡。

月亮的青光也已隐灭。我仰卧着，充满着情趣，陶醉得直感悲哀。我不曾谈爱。我等待着早晨一到就动身，让行程去决定我的命运。很久我沉重的头已感睡意。我睡了几小时——接着晨曦到来，我就出发。

卷 五

一

多雨的诺曼底；

恬静的乡间……

你曾说：我们将在春天相会，在我所认识的那一些树枝下；在那样的一个满长青苔的隐秘处所；时间该是一天中的某一小时，空气该是非常温静，而去年曾在那儿歌唱的鸟雀将又歌唱起来——今年春天到得很迟；太凉爽的天气，给予的是另一种快乐。

夏天曾是温暖而疲累——你信赖着一个并未践约的女人。而你又说：至少今年秋天也许能有希望，也许能给我的苦闷带来一点慰藉。我怕她依然不会来吧——但至少树林会转成红色。在一些还不太冷的日子，我将去坐在池边，去年，那儿曾散落下多少干枯的木叶。我将等候黄昏的到来……另一些傍晚，我将跑向夕照下的林际——但秋天正又多雨；霉烂的树木几乎没有着上什么秋色，而在涨满着水的池边，你也无法去坐在那儿。

今年，我曾不断地忙着地上的工作。我帮同收获与农作。我曾看到秋天的到来。季节显得异常暖和，但多雨。九月杪，一阵连续十二小时的可怕的暴风把树木一边全吹干了。不久，没有经风的那些叶子全转成金黄色。我生活得离人们那么远，连这些景象对我也显得和任何大事一样值得大提。

日继一日。不断的清晨与黄昏。

有些早晨人在黎明以前起身，满感昏沉——啊，秋天灰颓的早晨！这时未经安息的灵魂，醒来时还那样地带着彻夜不寐的疲惫，它希望再能入眠而思量着死的滋味——明天我离开这寒战的乡间；草地上满铺着薄霜。我知道，像那些狗似的，为预防饥饿，在地窖中密藏面包与肉骨，我知道自己在何处能找到那些预留的欢情。我知道，在小溪曲折的转角处，一点温暖的风；在木栅上，一株还未落尽叶子的金色的菩提树；向那上学去的铁匠店的小孩子所送的微笑与爱抚；稍远处，大量落叶的气味；一个我能向她微笑的女人：茅舍旁，向她小孩子的一个接吻；在秋天，从远处，就能听到铁铺中打铁的声音……就止此吗？——唉！睡吧！——这实在嫌太少——而我又太累得去希望……

黎明前天色朦胧中可厌的起程。身心的寒战。头晕。人寻找他所还能带走的东西。

"美那尔克，在起程时你那样喜欢的究竟是什么？"

他回答："临死前的一种滋味。"

必然，这并不是那样地为多看别的事物，而是想使自己和一切并不对自己必需的事物相分离。唉！奈带奈蔼，多少事物对人们都并不是必需的！心灵永远不会足够空乏到终于有一天能尽量地装满爱——爱，等待，与希望，这一些我们唯一真正的财富。

唉！多少地方我们都同样能生活！幸福地生活。勤作的农庄；田间无上的劳作；疲累；沉睡的无限宁适……

起程吧！而且别使我们停留在任何固定的处所！……

二

驿　旅

我脱去城市中所穿的那些衣服，它们强制我保持太多的尊严。

他在那儿，靠着我；由他心的跃动我感觉到这是一种有生命的东西，而这小身躯上的体温燃烧着我。他枕着我的肩睡着；我听到他的呼吸声。他呼出的温暖的气息使我难忍，但我不敢移动，怕把他扰醒。他娇弱的头颅颠簸在车子不断的震荡中，在车中我们可怕地被推挤着；别的旅客也都还睡着，在睡眠中消尽这一点夜的残余。

自然，我认识过爱，爱以及很多别的；但对这往日的温存，我怎能默然无言？

自然，我认识过爱。

我使自己成为漂泊者，为的能和一切漂泊的事物相接触：对一切得不到温暖的事物我都感到爱怜，我热情地爱过一切流浪的事物。

我记得四年前，我记得曾在这今日重游的小镇上消磨过一个傍晚；像如今一样，时季已是秋天；那天也不是礼拜日，而炎热的时刻已早过去。

我记得，像如今一样，我在一些路上散步，直到那展开在城边的一个筑成台阶而能居高远眺的公园。

我沿着昔日的路走去而我认识一切。

我把步子重印在自己的足迹上，而我的情绪……以前我曾在一条石凳上坐过。——正是这儿。——那时我坐在这儿看书。什么书？——唉！维基耳。——而我听到飘来浣纱女捣衣的声音。——这一忽我还听到这声音。——那时空气非常静穆，——正像今天似的。

孩子们散学回来；我也记得。路上的行人过去，也正和昔日一样。那时正是落日光景；而眼前又恰是黄昏；而白日的歌声行将沉默下去……

没有别的。

"但这不够作一首诗的……"安蕊儿说。

"那就算了！"我回答说。

我们认识过黎明前的早起。

院子中驿车夫正在驾马。

整桶的水泼在石子路上。汲水机的声音。

由于思想而不得入眠者的昏沉的头脑。即待离别的处所；

小小的房子；这儿，有一忽，我安放过我的头；我感觉过；我思想过；我看守过。——让人死去吧！而死在哪儿全是一样的（当人不再活着的时候，那就哪儿都可以，也就是哪儿也不是）。活着的时候，我曾在这儿。

别离后的房子！起程时的惊奇，我从不愿这些起程是悲哀的。我的兴奋始终来自对这刹那的现时的占有。

在这窗前，让我们再做瞬间的凭眺……别离的瞬间来到。我所要的正是这别离前的瞬间……为的在这夜色的阑珊中，向幸福无尽的可能性做最后的凭眺。

动人的瞬间，向那无际的天空洒上一波晨曦吧……

驿车已预备好。起程吧！让适才我所思量的一切像我自己一样消失在这逃逸的眩晕中……

穿过森林。带香的气温地带。一些最暖和的有着大地的气息；最冷的、润湿的叶子的气息。——我的眼睛紧闭着；如今我再把眼睛睁开。是的：那儿是叶子；这儿是犁垦后的粪土……

司特拉斯堡

啊，"疯狂的大教堂！"——和你那空中的钟楼！从你钟楼顶上，像是从一只摇晃着的小艇上，人能看到屋顶上的鹳鸟，

　　正道而规矩

　　用着它们细长的足，

慢慢地，——因为那是很难使用的。

旅店

夜间我去睡在仓房的深处；
驿车夫到草堆中来把我找回。

旅店

……当我喝到第三杯樱桃酒时，一种更热的血开始在我脑门下打转；当我第四杯时，我开始感到微醉，这醉意使一切东西缩近，使我一伸手全能取得；第五杯时，我所在的室内，一切事物对我变得更广大，那儿我至高的精神也能更自由地运进；第六杯时，感到一点疲倦，我就睡熟了。

（一切我们感官的快乐像虚构的故事一样是不完全的。）

旅店

我认识过旅店中的浓酒，它有着紫堇的味儿且带给你午间的浓睡。我认识过黄昏的陶醉，当整个大地动摇在你思想的重量之上。

奈带奈蔼，我将和你谈陶醉。

奈带奈蔼，最简单的满足对我常是一种陶醉。而我在途中所寻找的，并不是那样地为一家旅店，而是我的饥饿。

断食的陶醉——当你从大清早起就开始跑路，而那时饥饿已不再是一种食欲，而是眩晕。渴的陶醉——当你跑路一直跑到黄昏。

最淡泊的食事那时对我正像饕餮似的感到过度，而我诗情地尝味到我生命中的强度的感动。那时我感官活跃的性能使每种和它们相接触的事物成为我自己的可触摸的幸福。

我认识过一种使思想些微地受到歪曲的陶醉。我记得有一天思想演绎开去正像望远镜中的管子；最后的前一道管子已像是最精细的；而接着却总出来一道比前者更精细的。我记得有一天思想变成那样圆，而唯一的方法只有让它们自己滚去。我记得有一天思想是那样地有着伸缩性，每一思想连续地、相互地，采取一切的方式。有些时候两种思想，并行地像是想伸展开去直达永恒。

我还认识过一种陶醉：它使你相信比自己固有的来得更完美，更伟大，更可敬，更有德行，更富有……

秋天

田野间农人忙着耕作。薄暮时分田沟冒着烟雾；疲乏的马走得更迂缓起来。每晚大地的气息使我沉醉，像是我才第一次闻到这种气息似的。那时我爱去坐在林边的斜坡上，在枯叶堆中；听那耕作的歌声，默视无力的斜阳沉向平原深处。

湿润的时季；多雨的诺曼底……

散步。——荒野，但并不粗粝。——悬崖。——森林。——冰冻的小溪。阴影下的休息；闲谈。——赤褐色的羊齿植物。
——唉！牧野，何以我们不曾在旅行中遇到你，而我们会骑在马上通过，我们曾那样想。（牧野整个地被包围在森林中。）

黄昏时的散步。
夜间的散步。

散 步

……"生"对我变作一种异样泼辣的感觉。我愿尝味生活中的一切方式；鱼类的以及植物的。在感官的一切快感中我所羡望的是触觉的快感。

秋天，一棵孤立的树，在原野上为骤雨包围着；落下枯褐色的叶子；我曾想，长远地树根会得到水分的灌溉，在湿润的土中。

在那年龄，我赤裸的双足最爱和湿润的泥土、水潭的轻波、淤泥的清凉或温暖相接触。我知道为什么我那样地喜欢水，而尤其是一切湿润的东西：这因为水比空气更给我们由它气温变化所产生的不同的感觉。我喜欢秋天湿润的风……多雨的诺曼底。

拉罗克

牛车载回发散着香味的收获物。

谷仓已给堆满干草。

冲撞在斜坡上,颠动在车辙中的沉重的牛车;多少次当我和那些看守干草的野孩子们躺在干草堆上,你曾把我从田间载回!

何时我再能,唉!躺在草堆中,等待黄昏的到来?……

黄昏到来;人们赶回仓房——在农庄的院子上还逗留着最后的夕照。

三

农　庄

农户!

农户!歌你的农庄。

我愿在那儿休息一忽——而在你仓库近旁,梦幻干草的香味给我带回的夏日之忆。

取出你的锁匙,一一地,给我打开每一扇门……

第一扇是仓库的门:

唉!要是时间是忠实的话!……唉!何以我不休息在仓库近旁,在干草的温暖中!……却由于热诚,流浪着去克服沙漠的干枯!……我会听到刈禾者的歌声,而安静地,泰然地,我会看到负重的牛车载回收获,这无价的粮食——像是对我欲望所等待的答复。我不必再往原野上去搜寻能满足它们的事物,这儿有的是使它们随意饱餐的一切。

有笑的一刻——也有笑后的一刻。

有笑的一刻，必然——此后有忆笑的一刻。

无疑地，奈带奈蔼，看这些青草摇动的曾是我，我，而非另一人——如今它们已枯萎作干草的气味，像一切被刈断后的东西一样——这些青色与新栗色，在晚风中飘荡的青草。——唉！为什么不再回到那时候，躺在绿野上……丰茂的青草迎接着我们的欢爱。

树叶下来往着野禽；它们的每一小径是一条坦道；而当我俯下身去，靠着大地凝视每一片叶子，每一朵花，我看到成群的小昆虫。

我认识土壤的温度由于绿色的鲜艳和花卉的科别；某种牧野上满布着雏菊；但我们所选的那些细密的草地上，那儿我们曾度欢爱，伞形花幻成一片白色，有的很飘忽，另一些，那些高大的牛防风，阴暗而扩散得很大。黄昏时分，在变得更深沉的草地上，它们飘浮着，恍似闪亮的水母，自由地，像已和柄脱离，为上升的烟雾所扬起。

第二扇是谷仓的门：

谷粒，我来颂赞你。五谷；红黄色的麦子；潜在的富有；无价之宝的粮食。

纵使我们的面包告罄！谷仓，我有你的锁匙。谷粒，你们在那儿。在我饥饿未解之前是否你们已将一粒不剩？田野间天空的鸟雀，谷仓中的鼠类，以及一切在我们桌上的穷人……是否还能留下一点为我的饥饿……？

谷粒，我把你保留起一握来；我把它播种在我肥沃的土中；我把它播种在适宜的时节；一粒产了百粒，又一粒千粒……

谷粒，你的富饶永将胜于我庞大的饥饿！

最初生长得像是一棵青色的小草似的麦子，说，在你倾斜的麦秆上将结成何种金黄色的麦穗！

金色的麦秆、麦芒和麦束——我所散播下的一握种子……

第三扇是制酪场的门：

闲适；静寂；柳席上乳汁不断的滤沥，乳酪干缩起来；金属接管筒上成块的堆积；在七月的大热天气，凝结后的乳的气味显得更清凉而更淡泊……不，不是淡泊，而是一种那样地缜密而冲淡的酸味，你只在鼻孔的深处才能闻到，而这如说是香，宁说已是一种味的感觉。

收拾得极洁净的抚乳器。安放在菜叶上制成小块的牛油。农妇的红手。窗户总是大开着，但全安上碧纱以防猫与苍蝇的潜入。

满装乳汁的浅形大碗成列地安放着，乳色渐渐转黄直到所有的乳酪已全上升。慢慢地乳酪形成水平；它变得浮胀，接着又皱缩，而乳清随即分离。当乳清中的酪已全收尽即被取出……（但，奈带奈蔼，我不配给你讲这些。我有一个学农的朋友，他对这些谈来津津乐道；他给我解释其中每一种东西的用处，并告诉我即是乳清也有它的功用。）（在诺曼底乳清用来喂猪，但实际似乎还能使它有比这更好的用处。）

第四扇是牛棚的门：

牛棚内温暖得令人难受，但母牛有着一种好闻的香味。唉！何以我不再在那一时候，和农人的孩子们在一起，他们汗流的皮肤发散出香味，在那时候我们穿跑在母牛的胯下；我们在马槽角落里寻觅鸡卵；几小时我们呆看着母牛；我们看牛粪落下，碎裂在地上；大家打赌说哪一匹牛会先下粪，而有一天我惊吓得逃跑，因为我以为其中的一匹立刻会生小牛。

第五扇是果物贮藏室的门：

一窗阳光之前，葡萄全悬挂在细绳上；每一粒在沉思，在成熟，暗暗地咀嚼着光；酿制芬芳的糖分。

梨。成堆的苹果。果品！我吃尽你们那多汁的果肉。我把果核扔在地上；让它们发芽！为的再给我们快乐。

纤细的杏仁；惊奇的期望；核心；在等待中熟睡的小小的春天。两个夏季间的种子；度过夏季的种子。

接着，奈带奈蔼，我们该想到痛楚的发芽时期（令人敬慕的是草从种子中抽芽时的努力）。

但如今让我们对这感到惊叹：每一繁殖都伴随着欢情。果子给包藏在它香甜的气味中；一切对生命的恒心由于其中所随伴的乐趣。

果子的果肉，爱的滋味的明证。

第六扇是压榨室的门：

唉！如今在这清凉的厂棚下，何以我不躺在你的身旁，在被压榨的苹果之间，在这些带酸味的苹果之间。唉！苏拉米特！我们会尝试是否在湿润的苹果上我们的欢情不易消尽，而能持续得更久，在苹果堆上——由于它们甜蜜的香味……

转磨的声音轻摇着我的回忆。

第七扇是蒸馏室的门：

阴晦；炽热的炉火；漆黑的机械。衬托出铜质的圆盆。

蒸馏器；珍惜地积聚神秘的脓汁。（我也曾看到过积集松脂，野樱桃树病色的胶汁，韧性的无花果树的乳汁，以及棕榈树砍梢后所流注的酒。）狭小的玻璃瓶；一潮醉意汹涌地集中在你身上；精素，包含着果子中所有的甘美与富有；花卉中所有的愉快与芬芳。

蒸馏器：唉！这将滴漏下来的金色的水滴。（有的比樱桃精还有味，别一些清香似牧野。）奈带奈蔼！这真是一种神奇的幻象；像是整整的一个春天全给在这儿聚集起来……唉！让我此时的沉醉剧情地把它展开。让我痛饮吧，紧闭在这阴暗的室内，而不久这阴暗我也将不能分辨；让我痛饮这对我肉体——而为解放我的精神——能重给以我所祈求的无止境的展望吧……

第八扇是车房的门：

唉！我已把我的金杯砸碎——我醒了。醉，永远只是幸福的替代。轻车！一切逃逸是可能的；雪车，冰冻之国，我把我的欲望系在你们身上。

奈带奈蔼，我们将与物接近：依次地我们将达到一切。在我鞍侧的囊中我有金银；在我箱内，皮裘，它几乎令人喜好寒冷。车轮，谁将，在逃逸中，估计你旋转的次数？轻车，轻便的居室，为我们延缓的幸福，让我们的幻想把你驱走！犁，让牛把你曳引在我们的田间！锋利地掀起大地：厂棚下不用的犁头立即成锈，以及这一切器具……你们，我们自身中闲懒着的种种可能性，你们全在痛苦中等待着——等待一种欲望系附在你们身上，——等待那爱远游的人……

让我们疾驰时掀起的雪花追随着我们！雪车！我把我一切的欲望系在你身上……

最后的门展开在原野上。
……

卷　六

林扣斯

生来为观看,

矢志在守望。

歌德《浮士德》第二部

神的戒条，你们曾使我灵魂创痛。

神的戒条，你们将是十诫或是二十诫？

你们的限制将紧缩到何种境地？

你们将教人以永远有着更多被禁的事物？

对人间我所认为最美的事物的渴求又该加以新的惩罚？

神的戒条，你们曾使我灵魂得病。

你们用高墙围禁起能使我解渴的唯一的水源。

……但如今，奈带奈蔼，我感到无限的怜悯

对人们细小的过失。

奈带奈蔼，我将告诉你，一切事物，全是神性地自然的。
奈带奈蔼，我将和你谈一切。

小小的牧人，我将交给你手上，一根不带铁片的牧杖，
而我们将轻轻地引领这些未曾跟随过任何主人的羔羊。

牧人，我将把你的欲望引向人间所有美丽的事物。

奈带奈蔼，我要使你的口唇为一种新的渴求而炽热，而以后，使它们接近那满溢着清凉的杯子。我饮过；我知道能使口唇解渴的水源。

奈带奈蔼，我来和你谈水源。

有些水源涌自山岩；

有些水源来自冰山；

有些水源显得更深，由于它们是那样地青。

在西拉叩斯的西雅耐，令人惊奇的正由于此。

青色的水源；隐藏的接水盘；芦纸草间水的怒放；我们斜倚在小舟上；碧色的鱼在青宝石似的沙砾上悠游。

在塞库安，从尼姆菲涌出昔日灌溉迦太基的水流。

在佛克律斯，水来自地下，那样地多，像是它已湍流过不少岁月；这几乎已是一条大河，人能从地下溯流而上；它穿过山洞，被包围在黑夜中。火炬的光摇晃着，受着重压；以后，有一地方是那样地阴暗，你对自己说：不，我将永不能更往前进。

有些水源含有铁质，它们使岩石染上华丽的颜色。

有些水源含硫黄质，那温绿的水初看像是带有毒素；但，奈带奈蔼，如果人在那儿入浴，皮肤会变得那么柔和，以后它给触觉以更大的快感。

有些水源，每到黄昏，飘扬起浓雾；它们浮游在黑夜中，黎明时，便慢慢地消散。

有些极平淡的小水源，隐没在蔺草与青苔之间。

有些水源上浣纱女来濯衣，而它们使磨坊的风车旋转。

取之不尽的积储！水的涌现。水源下丰盛的水；隐藏的蓄水池；无盖的水瓮。坚硬的岩石将碎裂。山上会满覆灌木；不毛之地将有喜色，而沙漠的苦味会开出花来。

地上涌出的水源远超出我们的口渴所需要的水滴。

不断地更新的水；天空的水汽重又落到地上。

如果原野缺少水，让原野求饮于山岭——或是让地层下的沟渠把山岭上的水输向原野。——格累内达巨量的灌溉。——蓄水池；尼姆菲。——无疑，水源有着奇特的美——在那儿入浴，奇特的快感。水池！水池！你们洗净我们一切的不洁。

恰似日光在晨曦中
月色在夜露中，
在你川流中我们将
洗濯我们疲乏的四肢。

水源有着奇特的美；以及在地下清滤的水。此后它们显得像是穿过水晶一般明净。饮这些水有着一种奇特的快感：

它们灰白得像空气，无色无味像是一种并不存在的东西；你感觉到它们，只由于它们异常的清凉，而这正像是它们潜藏的德性。奈带奈蔼，是否你已懂得人能有向它们求饮的欲望？

我感官中最大的愉快

曾是渴时得饮。

奈带奈蔼，如今我将给你念——

余渴得解之旋曲

因为接近满斟的杯子

我们的口唇比接吻时还来得紧张；

满斟的杯子，一饮即尽。

我感官中最大的愉快

曾是渴时得饮……

有以压榨的橘子，

或柠檬，

制成的饮料，

由于酸中带甜

它们令人感到清凉。

我曾在一些那样薄的玻璃杯中得饮

纵在牙齿没有和它们接触之先

你以为,你的嘴,已足使它们破碎;

那里面的饮料像是特别甘美

因为几乎没有事物把它们和我们的嘴唇隔开。

我曾在一些有韧性的酒杯中得饮

你用双手紧压着酒杯

为的使酒上升到你唇边。

在旅店粗糙的玻璃杯中我曾饮过浓烈的果汁,

当我在烈日下奔走至日暮黄昏:

有时水池中凛冽的水

饮后更使我感觉黄昏的阴沉。

我曾饮过装在皮囊中的水,

它有着一种给涂上柏油的山羊皮的气味。

我曾饮过溪中的水

几乎是躺在溪边

赤裸的双臂浸入在流动的水中

水底荡漾着洁白的卵石……

清凉透入我的双肩

我愿在那儿入浴。

牧童用手心饮水；
我教给他们用麦管吸水。

有些日子我在烈日下奔走，
夏天，在最炎热的时刻
寻觅能解渴的事物。

你还记得，朋友，在我们那次受窘的旅行中，夜间，我们睡了又起来，浑身是汗，为的喝那瓦罐中冰着的水？

水池，幽闭的井，那儿有女人去汲水。永不见光的水；清凉中带着阴暗的滋味。异常透明的水，而我更愿它是蓝色或是青色，为的更给我以冰冻的感觉——而又淡淡地带一点茴香的味儿。

我感官上最大的愉快
曾是渴时得饮。

不！天空所有的星星，海中所有的珍珠，岸边的白羽，我还都没有把它们算上。

再有树叶的密语、晨曦的微笑、夏日的笑。而如今我再将说什么？因为我口的缄默，你以为我的心也同样静止着吗？

啊！浴于晴空中的田野！
啊！浸润着蜜的田野！

蜜蜂就会飞来，满载着蜡……

我看到过一些阴暗的港口，当黎明还躲藏在桅樯与风帆后面；晨间，小艇隐隐地出发。人低下头，从系缆着海舰的铁索下悠悠地滑过。

夜间，我看到无数的货船在黑夜中起航，隐没在黑夜中，航向白日。

不及珍珠那样明亮；没有水那样晶莹；诚然，小径上的卵石闪着光芒。在我走着的小径上，草木静静地吸收着光。

但对磷光性，奈带奈蔼，我将说什么呢？物质对精神是一种无限地透明而多孔的东西，接受并服从一切法则。奈带奈蔼，你不曾见到过那个伊斯兰教城，它在黄昏时发着红色，夜间微弱地闪出光来。深寂的城墙，白日光在那儿流泻；金属一样白的城墙，正午光在那儿积贮起来；到夜间你们像在轻轻地追诉着光，议论着光。——城啊！从那边小山上，你们看去像是透明的！从那儿，在漆黑的夜的影罩下，你们照耀着，正像一个信教者心目中的那些白玉的琉璃灯——照耀着为使它们，这些像多孔的灯，充满光明，而它们的微光在周围幻作乳色。

　　阴暗道上白色的卵石；光明的会合处。暮霭中荒野上白色的灌木；清真寺里的大理石片；海上岩洞中的花，海葵……一切白色都是留贮的光明。

　　我学得衡量一切事物由于它们对光的吸收力；有一些，它们在白天知道接受日光，到夜间，对我即显得像是光明的细胞。——我曾见到过正午在原野上奔流的水，到远处滑泻在阴沉的岩石下时，使岩石闪烁起金色的光芒。

　　但，奈带奈蔼，这儿我只愿和你谈"事物"，——而不是

　　看不见的现实——因为

　　……正像那些令人惊奇的海藻，当它们从水中被捞出时，立即变得暗无光泽……

　　　　　　　　　同样……

　　——景物无穷的变化不断地指示我们：我们还未曾认识一切形象所能包含的幸福、沉思或悲哀。我知道，在孩子的时候，有些日子当我还会感到忧郁，在布拉达涅的荒原上，我的忧郁有时会突然从我自身消失，那样地它感到和景物相应——而由此，在我眼前，我能畅快地对它凝视。

永远新奇的事物。

他做了一桩顶简单的事,接着说:

我知道"那事"从没有被别人做过,想起过,或是提到过——而突然,一切对我显得是一种无瑕的童贞。(人间整个的过去整个地被吸收在当前的片刻间。)

七月二十日,晨二时

起床——神是最不能使之等待的,一面洗梳我那样呼喊着;不管你怎样早起身,你总看到生命在循环;睡得更早,它比我们更少叫人等待。

晨曦,你曾是我们至上的幸福。
春天,夏之晨曦!
晨曦,每日的春天!
我们还未曾起身
虹已出现……
……而永不够早,
或是就不够晚
为月亮……

睡意

我知道,夏天,正午的睡意——日中的睡意——当从大清早开始不断地工作之后，浓重的睡意。

二时——孩子入睡。窒息的静寂。适于音乐，但别开始。棉织品的帘子的香味。风信子花与马兰花。藏衣室。

五时——汗中醒来；心跳着；寒劲；头空；满身轻松；每一事物像是愉快地侵入皮肤的细孔。日已西沉；草地显作黄色；日暮时瞑目而思。啊，暮思的精华！夜花的舒展。以温水净额；外出……墙根的果木；阳光下围在墙内的花园。道上；牧群自牧场归来；无须再看落日——已足令人赞叹。

归来。在灯下重又开始工作。

奈带奈蔼，关于床我将对你说什么呢？

我曾睡在干草堆上；我曾睡在麦田的田沟中；我曾睡在草地上，在阳光下；夜间，睡在草仓中。我把我的吊床挂在树枝上；我曾睡在浪花的荡漾中；睡在甲板上；或是舱房中的窄铺上，面对着窗洞的白眼。有些床上曾有娼妓等待着我；另一些床上我曾等待年轻的孩子。有些床上睡着那样柔软的被褥，它们像是和我身躯同为爱情而存在。我曾睡在营帐中，睡在难以入眠的木板上。我曾睡在开行的火车中，而从不能瞬刻忘去这动的感觉。

奈带奈蔼，有堪赞美的睡眠前的安排；有堪赞美的苏醒；但堪赞美的睡眠是没有的，我爱梦的时候只因为相信它是现实。因为最甜蜜的睡眠也抵不上——

当人醒悟的一刻。

我养成面窗而睡的习惯，把窗户大开着，自己就像在天空下一般。在七月太热的夜间，我把衣服全脱光了睡在月亮下面；一到黎明，喜鹊的歌声把我唤醒；我把全身没入在凉水中沐浴，而傲然于大清早就开始我一日的工作。住在汝拉的时候，我的窗子高临山谷，不久雪在山谷中堆积起来；从我床上，我看到一个树林的边际，那儿有乌鸦在飞；清晨，牧群的铃声把我唤醒；靠近我的屋子是一个水泉，牧人带它们到那儿去饮水。我记得这一切。

在布拉达涅的一些旅店中，我喜欢那种和粗布床单的接触，以及那带香味的碱水。在美岛，水手们的歌声把我打醒；我跑到窗口，看一些小艇离去；随后，我便走向海边。

有一些极美的住所；但在哪一住所我也不愿久留。怕那些陷阱，那些紧闭的门户，那些拘留精神的囚室。牧人过的是一种游牧的生活。（奈带奈蔼，我将交给你我的牧杖，如今你将看管我的那些绵羊。我累了。这已该是你出发的时候；土地是全开放着的，而永不知饱的羊群咩求着新的牧野。）

有时，奈带奈蔼，一些新奇的住所令我流连。有的在森林中，有的在水边，有的很宽大。但每当，由于习惯，我已不再注意它们，被窗口的事物吸引着，我已不再对它们发生惊奇，而我已将开始我的思索，那时，立刻我就离开它们。

（我无法和你解释，奈带奈蔼，这种对新奇事物的强烈的欲望；并不由于任何事物对我像已遭损坏，或已失去它的鲜艳；而是我初次突发的感觉是那样强烈，此后任何追复已不能使我的感觉增加；因此，如果我常回到那些同一的城市，或是同一的场所去，那只为的在这些已熟悉的地方我更易感觉到天气或是时季的变化；而当我住在阿尔及的时候，如果每天日暮我总坐在那一家摩尔人开的小咖啡馆，那只为的窥测，从一天黄昏到另一天黄昏，每一人物的细微的变化，为的凝视时间怎样慢慢地变易这同一的小小的空间。）

在罗马，靠近平契峨，从我临街的窗口，那仿佛是监狱中钉着铁栅的窗口，一些卖花女郎来向我兜售玫瑰；空气中弥漫着香味。在翡冷翠，不必离开我的桌位，我就能看到那涨水的、黄色的亚尔诺河。在皮斯喀拉的凉台上，在夜的无限的静寂中，梅丽安出现在月光下。她全身给裹在一件撕破了的白色大斗篷中，她笑着让斗篷落下在玻璃门前；在我的屋子中已给她预备上茶食和糖果。在格累内达，放在我屋子的壁炉上的不是烛台，而是两个西瓜。在塞维尔，有patios[①]；这是一些用灰色的大理石铺成的院子，充满着水影与清凉；那流泻着的水在院子中间的接水盘中潺潺做声。

一道厚得能挡住北风，而能让南方的阳光透入的墙；一所旅人似的向南而透明的活动房子……奈带奈蔼，我们的该是怎样的一间房子呢？景物中的一个藏身之处。

---

① 西班牙文，内院。

我再来和你谈窗：在拿波利，阳台上的闲谈，黄昏女人浅色衣裙旁的梦幻；半闭的帘子把我们和那些在跳舞的喧嚣的人群相隔绝。一些相互间的交谈，但都用着那样绝望的斯文的语调，过后大家只能静默着不知再说什么是好；从花园中，飘来橘花迫人的浓香，以及夏夜鸟雀的歌唱；以后，不时地，连这些鸟雀也默不作声了；于是，人们能微弱地听到浪花的声音。

阳台；装在花篮中的紫藤与玫瑰；黄昏的安息；温暖。
（今晚一阵凄厉的暴风雨在我的窗外呼号，玻璃上淋漓着水珠；我挣扎着使自己喜欢这暴风雨甚于一切。）

奈带奈蔼，我来和你谈城市：

我看到过斯麦纳像一个熟睡的小女孩；拿波利，像一个淫荡的浴女，而塞库安，像一个卡拜尔的牧人，黎明的行近使他双颊变得绯红。阿尔及在日光下战栗着爱；夜间昏晕在爱的怀抱中。

我看到过，在北方，一些沉睡在月光下的村庄；屋子的墙全相间地做蓝色或黄色；它们的周围展开着原野；田野上满是大堆的干草。你跑在荒漠的乡间，又再回到沉睡的村庄。

城市，无尽的城市；有时你不知道它们究竟是由什么建筑成的。——啊！东方的城市，南部的城市；一些屋顶平坦的城市，白色的凉台，夜间，痴浪的女人们去那儿做她们的好梦。行乐；狂欢；广场上的灯座，当人们从邻近的小山上看去，它们似一夜间的磷火。

东方的城市！狂热的节庆；有一些街，在当地，人称"圣街"，那儿的咖啡店中满是娼妓，刺耳的音乐使她们手舞足蹈。穿着白衣的阿拉伯人在那儿梭巡，还有一些孩子们——在我看，他们都还太年轻，不是吗？去尝识爱的滋味。（其中有一些，他们的口唇比在孵化中的小鸟还热。）

北部的城市！车站；码头；工厂；煤烟蔽空的城市。纪念碑；高塔；拱门的显赫。路上的马队；匆匆忙忙的人群。雨后发亮的柏油路；马路两旁憔悴的栗树；女人却永远在那儿等待着你。曾有一些夜间，一些那样温暖的夜间，最小的一点招引我怕就会昏晕过去。

十一时——闭业；铁栅栏尖锐的叫声。都会。夜间在静寂的街道上，一些老鼠，当我走过时，纷纷地窜回阴沟。从地下室窗洞中，你能看到光着胳膊在做面包的人们。

——啊，咖啡店！——那儿我们的疯狂延续到深夜；酒与语声的沉醉终于克服了睡意。咖啡店！有的极富丽，满挂着画幅与镜子，那儿你只能看到一些极上流的人们；另一些小咖啡店中，唱着一些逗人笑的小调，那儿，女人跳舞时把裙子提得很高。

在意大利，夏天的傍晚，有些咖啡店一直铺展到广场上，那儿人们饮着美味的柠檬冰结连。在阿尔泽里，有一家咖啡店中人们抽着麻烟，而在那儿我曾险些被人暗杀；第二年，警察局把它封闭了；因为去那儿的都是一些可疑的人们。

再是咖啡店……啊！摩尔人开的咖啡店！——有时一个说书的人连绵不断地在那儿讲一个故事；多少夜我去听他说书，虽然他讲的我一字不懂！……但在所有咖啡店中，无疑地，我最喜欢的是你：白倍耳台小咖啡店，日暮与静寂的处所，这在绿洲边际用土筑成的茅屋，因为，稍远处，即是沙漠的开始——在一个喘息的白天之后，在那儿我看着黑夜静静地来到。在我的身旁不息地吹奏着单调的笛声。——而我想起你：喜拉斯的小咖啡店，诗人哈非士所颂赞的小咖啡店；已被爱情与酒童的酒所陶醉的哈非士，静静地，在凉台上，那儿玫瑰花探出头来，在熟睡的酒童身旁作着诗，彻夜地等待白日的到来。

（我愿生在那一时候，当任何事物还都是诗人吟唱的资料，不加粉饰地仅仅历数这一切事物。我的敬慕将不断地落在每一事物上，而每一事物将在这颂赞中显露出来；这已该是一个足够的理由。）

奈带奈蔼，我们还不曾同看树叶。树叶的种种弧线……

木叶；绿色的窟窿，满缀着小孔；些微的风便使根基移动；不固定的占有；形象的流转；支离的屏障；弹性的枝架；涡形的飘动；叶苔与蜂巢……

树枝参差的摇动……由于小枝条拒风弹性的大小使风所给予的力量也从而有强弱的不同……——让我们转谈另一个题目吧……什么题目呢？——既然不必构思，这儿也就无须选择……顺手拈来！奈带奈蔼，顺手拈来！

——而由于同时各种感觉器官突然的专注，使一切由外界的接触所会合成的感觉（这实在不容易解释）变成他自身存在的感觉……（反之亦然。）——我站在这洞口，从那儿进入：

我的耳鼓中：这不断的水的声音；松林间风时起时灭的声音；时断时续，蟋蟀……

我的眼际：　水溪上这阳光的辉耀；松林的起伏……（看！一只松鼠！）……在我的脚旁，它在这青苔上钻窟窿，等等。

我的皮肤上：这潮湿的感觉；青苔的柔软的感觉；（唉！什么树枝刺着了我？……）我的头在我手上，我的手在我头上的感觉，等等。

我的鼻孔中：……（别做声！松鼠跑近来了）等等。

而这"一切"……同放在一个小包内——这就是生命——全包括尽了吗？——不！还总有一些别的东西。

由此你以为我自己只是种种感觉聚会的场所吗？——我的生命永远是："这一些"，再加上我自己。——另一次我会跟你谈到我自己。今天我也不想再和你谈

精神的各种形象曲

或是

至友曲

或是

一切遇合歌

那歌词中有如下的一节：

在科摩，在雷科，葡萄已成熟。我跑上一座宽旷的小山，那儿遗留着古城堡的破宇残垣。那儿葡萄的气味是那样香甜，它使我感到讨厌；它的回味一直跑进我鼻孔的深处，而吃了以后再没有什么特别的感觉——但那时我是那样地饥渴，几串葡萄已足令我醉倒。

……但在那短歌中我尤其谈到男人与女人，而如果这儿我不和你谈这短歌，那因为，在这本书内，我不愿造作任何人物。因为，你该注意到在这本书内根本就没有人物。即是我自己，也只是幻觉而已。奈带奈蔼，我是钟楼的看守者林扣斯。长夜漫漫！从钟楼顶上，晨曦！我向你高呼，永不嫌太绚烂的晨曦！

直到夜尽我永远保持着对一种新的光芒的确信，如今我还什么也看不到，但我希望着；我知道黎明会从哪一角破晓。

必然，整个的一个民族准备着：从钟楼的顶上我听到街上的喧声。天将黎明！这在喜庆中的民族已迎向太阳前进。

"夜哨！你在黑夜中见到什么？你在黑夜中见到什么？"

"我看到新的一代上来，而我也看到旧的一代下去。我看到这庞大的一代上来，上来，充满着欣喜，充满着欣喜投向新生。"

从钟楼的顶上你看到了什么？你看到了什么，林扣斯，我的弟兄？

啊！让另一个先知哭去吧；夜来了而白日也已来到。

他们的黑夜来了，我们的白日也到了。让爱睡的沉睡吧。林扣斯！如今你该跑下楼来。天已明。跑到平地来。更接近地看看每一事物。林扣斯，来吧！过来吧：如今天已明而我们有这确信。

卷 七

阿敏塔黑些又有什么关系?

维基耳

渡海

一八九五，二月

从马赛出发。

烈风；晴空。早热的天气；樯桅的起伏。

波动中的伟大的海。被浪花所打击的船只。光荣深湛的印象。一切过去的起航之忆。

渡海

多少次我曾等待过黎明……

……在沮丧的海上……

而我看到黎明的出现，但海，海并不因此而平静。

鬓角的汗粒。软弱。耽溺。

海上之夜

汹涌的海。甲板上满流着水。轮翼的震动……

啊！冷汗！

一个枕头在我痛涨欲裂的头颅下……

今夜甲板上的月光皎洁——而我却不能在那儿观赏。

——波涛的等待。——大量的水突然的激响。窒息，抛上，接着又给抛下。——自己的惰力；这儿我究竟是什么呢？——一个瓶塞——一个任浪花抛掷的可怜的瓶塞。

忘身在浪花的起伏中；任自然摆布的一种快感；让自己变作一种事物。

夜尽

在寒冷的清晨人们用吊桶汲起的海水洗着甲板，使空气流通。——从我的舱房中我听到硬刷刷在木上的声音。巨大的震动。——我想打开窗洞。迎面袭来的猛烈的海风。我想把窗洞重又关上……倒下在卧铺上。唉！在抵埠前这一切可怕的颠覆！舱房白色的板壁上倒影的跃动。狭隘。

我已倦累的眼睛……
用一根麦管，我啜吸冰过的汽水……

醒在新的大地上，像是从大病初愈……未曾梦想到的种种事物。

非洲

整夜被浪花荡漾着；
黎明，身醒海滨。

阿尔及

小山安息在高原上；

白日沉向西方；

海滨张起风帆；

我们的爱情沉睡在夜晚……

黑夜该来向我们，恰似庞大的海湾；

思想，光，忧郁的鸟

将在那儿安息白日的光耀；

市场上魂影默默……

牧场上静止的水，水源中满溢着小草。

……其后，远航归来。

沉寂的海岸——船在港中。

平静的浪花上我们将看到

沉睡的候鸟以及系缆的小艇——

黄昏来向我们展开它庞大的

静默而友情的海湾。

——如今已是万物安息的辰光。

一八九五，二月

勃利达！沙蔼尔之花！冬天时凋残无色，在春天你显得很美。那是一个雨意的早晨，天气温倦而阴沉，而你树木上的花香飘漾在你修长的道上。静寂的水池中喷射着水，远处传来兵营中的号声。

这儿是另一个园子，孤立的小树林中，白色的清真寺在橄榄树下闪着微光。——圣林！今晨我那无限困累的脑筋，以及为爱情的忧念而消损的躯体来这儿得到安息。葛蕴，从那年冬天的光景看来我从不曾想到你们能有今日惊奇的花放。紫藤飘动在树枝间，成串的花球像是悬挂着的香炉，金砂道上散落下花瓣。水声；池塘边水的絮语；巨大的橄榄树，白色的绣线菊，小小的丁香树林，成簇的荆棘，野生的玫瑰；独自来到这儿，在这儿追忆起冬日，而又在这儿那样地感到疲惫，即是春天，唉！也不能引起你的惊奇；而竟希望更多的严肃，因为如许的风韵，唉！在向孤独者招手微笑，而其中只满布着一些欲念，空寂的道上献媚的仪仗。纵然平静的水池中响着水声，但周围触目的岑寂更显出空无所有。

> 我知道那水源，那儿我将去洗濯我的眼睑。
> 圣林；我认识道路，
> 木叶，以及那林中的清凉；
> 当黄昏一切已归岑寂
> 而当风的温馨与其爱的是引诱
> 则更是催你入眠的时分
> 我会去到那儿。
> 寒冷的水源上将蒙上整个的黑夜。
> 冰冻的水，那儿晨光抖索在白色中，将蠕蠕地透明起来。纯洁的水源。

可不是，当晨曦出现时

当我将去那儿洗濯我炙热的眼睑，

在晨曦中我重将觅回水源在白日时的风光。

给奈带奈蔼的信

奈带奈蔼，你不能想象这一种满洒着阳光的境地；以及这一种不变的热度所给予的感官上的快乐……天际的橄榄树枝；小山上的蓝天；咖啡店门前的笛声……阿尔及显得那样热而又正在节庆中，我决定离开它三天；但在我隐居的勃利达，我发现橘子树满开着花……

早晨我就出门；我出去散步；我并不注目于任何事物，但我看到一切；一些从未曾有的感觉汇集在我身上，组成一曲惊人的交响乐。时间过去，我的惊愕也就不像当初那样强烈，正像太阳的运行不在垂直线时变得更迟缓一样——此后我选择能引起我爱恋的，人或物——但我愿所选择的是动的事物，因为我的情绪，一经固定就不再是活的。而在每一新的瞬间我会感到什么也还不曾见过，什么也还不曾尝味过。我落入在一种不断的追求中，追求逃遁的事物。昨天我跑上高临勃利达的那些小山，为的能更畅快地看太阳，看落日，看褐色的云块渲染在白色的凉台上。我惊觉树下的阴影与岑寂；我徘徊在月光下；我感到自己像在水中，空气是那样明净而温暖，它包裹着我，轻轻地把我举起。

……我相信我所走的路是我自己的路，而我相信我所走的是对的。我始终有着这一种广大的信任，人们会把这信任称作信心，如果它曾受过宣誓而来。

皮斯喀拉

一些女人都在门口等候着；她们的身后是一道直上的扶梯。她们庄重地坐在门口，脸上粉饰得像一些神像，头上戴着用钱币缀成的冠冕。夜间，这条路热闹起来。扶梯的顶端点着一些灯；每一女人都坐在从扶梯上照射出来的灯光下；她们的面部在那冠冕的闪烁下依然留在影中；而每一女人像在等候着我，特意为我而等候着；要上楼去，先得在冠冕上加一枚小金币；顺手那娼妓就把点着的灯灭了；你进入她那狭小的卧室；喝点用小杯装的咖啡；以后就在一些长沙发上活动起来。

皮斯喀拉公园

阿脱曼，你写信给我说："我在那些等候着你的棕榈树下看守着牧群。你会来吧！枝头行将报春；我们将一同散步，而我们将无忧无虑……"

"阿脱曼，牧羊人，你用不到再去棕榈树下等我，也用不到看春天是否来到。我已来了；春天已在枝头；我们一同散步，而我们无忧无虑。"

皮斯喀拉公园

天色阴灰；浓香的蜜暮莎花。天气温暖得带有雨意。大粒的雨点飘然像已在空中成形……最初落在树叶上，接着就倾盆而下。

　　……我记得一次夏雨；——但那难道仍然是雨？——那些落下的雨点是那么大，那么沉重，落下在这棕榈园中，在这花木争妍的园中，雨点是那么沉重，园中的树枝、树叶、花，卷作一团像是情人所送的花圈，而接着又整个地散落在水上。小溪载送着花粉使它们向远处繁殖；溪水混浊得变作黄色。水池中的鱼也惊呆了。你能听到鲤鱼在水面张口的声息。

　　未雨之前，正午的热风已把热气深深地驱入土中，这时树枝下的小径上冒出气来。蜜暮莎花都垂下头，像给长凳上那些在过节日的人们当作一道屏障。——这是一个寻乐的园子；穿着毛织物的男人和披着格子斗篷的女人都依然坐在长凳上等待水的侵入。但四处寂无声息，各人静听着雨声，让这仲夏易散的骤雨落在身上，使衣服变得沉滞。——空气的温度以及园中的树叶那样地吸引着我，无法拒绝这种爱恋，我也依旧在他们附近的长凳上坐着不动。——而当雨已停止，而只有树枝还挂着水珠，各人都把鞋子或是草鞋脱去，用赤裸的脚踏上这湿润的泥土，泥土的温柔给人以一种无以言喻的快感。

　　跑入一个无人散步的园子；两个穿着白色毛织物的孩子引领着我。很长的园子，园子深处开着一道门。更高大的树木；更低的天覆在树上。——墙。——雨中的村庄。——远处，高山；未成形的溪流；树木的粮食；严肃而昏晕的繁殖；飘忽的香味。

绿荫下的溪流，小川（掺杂着木叶与花）——当地人称作"灌溉渠"，因为那儿的水流动得很慢。

加夫沙的水池有着惑人的妩媚：Nocet cantantibus umbra[①]——如今夜已深沉，不带片云，也不见一点烟雾。

（那穿着白色毛织物阿拉伯装束的孩子长得很美，他的名字叫"阿祖斯"，意思是：令人爱恋的。另一个孩子叫"乌亚尔地"，意思是说他生在玫瑰花的时季。）

——而在空气样温暖的水中
我们湿润我们的口唇……

一湾阴沉的水，在夜间，对我们显得朦胧——直到月光使它幻成银色。月光从树叶间透露出来，树叶间走动着夜间的兽类。

皮斯喀拉——清晨

天一黎明，就走向——投入在——新鲜的空气中。
一枝夹竹桃摇曳在寒战的清晨中。

皮斯喀拉——黄昏

在这树上曾响彻着鸟雀的歌唱。我不能设想鸟雀的鸣声，

---

① 拉丁文，暗施魅惑将人加害。

唉！能来得那么强烈。仿佛树也在叫喊——仿佛一切叶子都在叫喊，——因为鸟雀隐身在叶间。当时我曾想：它们会叫喊得死去吧；这是一种太强烈的热情；但今晚它们究竟发生了什么呢？难道它们不知道夜尽以后新的黎明就会出现？它们是怕一眠不醒吗？它们是想在一夜中耗尽它们的爱情吗？像是此后它们的该是一种无尽的黑夜。在春末夜是那么短！——啊！夏日的晨光把它们唤醒时的快乐，那样地，它们将不记起它们的睡眠，除非为的在下一晚上可以减轻一点它们对死的恐惧。

皮斯喀拉——黑夜

灌木静悄悄地默不作声；但四周的沙漠上响彻着草虫的恋歌。

契玛

白日延长。——躺在那儿。无花果树的叶子长得愈密了；用手揉着叶子，手上留下一种清香；叶柄上流出乳色的泪珠。

热度更高。——唉！我的羊群毕竟来了；我听到我所爱的牧人吹奏的笛声。他会过来吗？或是还得我跑近他去呢？

时间缓慢。——一个去年的干石榴还挂在枝上；僵硬的果皮已完全裂开；在这同一树枝上新的花苞已饱满起来。野鸽从棕榈树间掠过。牧野上蜜蜂穿梭不息。

（我记起恩非达附近的一口井来，那儿常有美丽的女人跑去汲水；离井不远是一座灰色与玫瑰色相间的庞大的巉岩；人跟我说在那岩石的顶上常有蜜蜂出没；是的，成千的蜜蜂在那儿嗡嗡做声；它们的蜂巢就筑在岩石中。夏天来时，蜂巢为热度化裂，蜜就顺着岩石流散下来；住在恩非达的人们就都跑去采蜜。）来吧，牧童！（我口中嚼着一片无花果树的叶子。）

夏！金样的彩色；丰足；烈日的照耀；爱情的汛滥！谁愿尝蜜的滋味？蜡巢已遭溶化。

而那天我所见到最美的即是那一群被引回羊舍的绵羊。它们小小的蹄子急促地踏在地上，沙沙地像是一阵骤雨的声音；沙漠上正是日落时分，满空飞扬着给羊群掀起的尘土。

绿洲！像小岛似的飘浮在沙漠上；远远地，棕榈的绿色报示着水源，那儿它们的树根取得水分；有时水源很宽广，一些夹竹桃斜依在水面。——那天，十点光景，当我们到达那儿的时候，最初我已不愿更往前进；这些园中的花是那样动人我已不想再离开它们。——绿洲！（阿美脱对我说下一处绿洲比这更美丽。）

绿洲。下一处更美丽，更多的花，更多的絮语。更高的树木斜依在更广的水上。那恰好是正午。我们在水中入浴。——接着我们又只能离开它。

绿洲。再下一处我将说什么呢？它比前者来得还更美，而我们曾在那儿等待黄昏的到来。

园子！可是我还将再说黄昏前你那片刻间的可爱的静止。园子！其中有一些青翠满目；有一些只像一个单调的果园，那儿有杏子在成熟；另一些充满着花与蜜蜂，那儿飘浮着的香气是那样浓烈，它几乎可以替代食物，而像酒精一样地令我们陶醉。

翌日我所爱的已只是沙漠。

乌玛克

我们正午进入的那个绿洲在岩石与沙土中，天气火样地炽热，疲惫的村庄并不显得像是在等待我们。棕榈树并没有垂下头来。门洞中一些老人在闲谈；男人已都疲累；小学校中传来孩子们的喧噪声；至于女人，一个也见不到。

这用土筑成的村庄的道路，在白天带着玫瑰色，日落时变作紫罗兰色；正午时荒漠无人，一到黄昏，你就将热闹起来；那时咖啡店都将满座，孩子们从学校回来，老人们依然在门口闲谈，暮色中凉台上已显露出女人的面影，她们在那儿冗长地互诉心头的苦闷。

这条阿尔及街，中午时分，充满着茴香与茴香酒的气味。在皮斯喀拉那些摩尔人开的咖啡店中，人只饮咖啡、汽水或茶。阿拉伯茶；胡椒与姜的味儿；这种饮料令人想起一个更过分而更极端的东方——是无味的；——无法喝尽杯中的饮料。

在都古耳的广场上有一些香料商人。我们向他们买了各种不同的树脂。有的是为闻嗅的；另一些是为咀嚼的；又一些是为焚点的。那些为焚点的树脂通常都做成像小药饼似的；点着以后，它们发散出一种刺鼻的浓烟，且又杂着一股清香；这种烟助人激发宗教的情绪，所以每用在清真寺的仪式中。为咀嚼用的那些树脂使人在口中充满苦味，且极不愉快地黏住牙齿；把它们吐掉以后，很久口中留着那种味儿。为闻嗅的那些树脂就仅为闻嗅而已。

在岱马西伊斯兰教传道师的寺院中，餐末人家献给我们一种带香味的糕饼，装饰着金色、灰色或是玫瑰色的小瓣，而像是用面包的细末揉成的。一入口中它就粉碎得像沙土，但我觉得不乏某种情趣。有些糕饼是玫瑰香的；另一些带有石榴的香味；又一些像已全走味。——这种饭餐中，除烟以外简直就没有别的方法可以令人感到醉意。菜的分量多得令人厌恶，而每上一道菜话题也就跟着变换了。——以后，一个黑人从水壶中把那加了香料的水浇在你的手指上；水重又落下在一个水盆中。那地方的女人和你寻欢以后也用同样的方法给你洗手。

都古耳

广场上住在帐篷中的阿拉伯人；熊熊的火光；黄昏中几乎不能分辨的袅袅青烟。

——沙漠中的旅队！——旅队晚间到来，旅队清晨离去；困累不堪的旅队，为幻象所沉醉，而如今整个在沮丧中的旅队！旅队！何以我不能跟着你们同去，旅队！

有些旅队去向东方，搜寻檀香、珍珠、巴格达的蜜糕、象牙、绣货。

有的去向南方，搜寻琥珀、麝香、金粉以及鸵鸟的羽毛。

有的去向西方，他们在黄昏出发，隐没在最后的夕照中。

我看到过疲惫的旅队回来；骆驼跪在广场上，人们终于从它们背上卸下重负。这是些粗布打成的货包，人无法知道它们里面究竟有些什么。另一些骆驼载着女人，她们隐藏在一种轿子中。又一些驮着搭帐篷的材料，夜间人家就把它打开。——啊！在广无边际的沙漠中无限壮丽的疲劳！——广场上已点起火来为的预备晚餐。

多少次，唉！黎明即起，对着比佛像头上的圆光还更灿烂的紫霞的东方——多少次，在绿洲的边际，那儿最后的棕榈已经枯萎，生命已无法再战胜沙漠——像是投向这辉耀得不能睁眼的光源，我曾把我的欲望交付给你：汜滥着日光的原野，火一样炙热的原野……什么狂奋的神醉，什么强烈的爱、热情的爱，足够克服这如火如荼的沙漠？

不毛的大地；刚强的大地；热情与赤诚的大地；先知们所爱的大地——唉！磨难的沙漠，雄伟的沙漠，我曾热情地爱过你。

在这充满着海市蜃楼的干涸的盐湖上，我看到过白色的盐层幻作水的景象。——由于蓝色的天空的反照，那是我能明白的——干涸的盐湖蔚蓝得像是大海——但何以——这些成簇的蔺草，而更远处叶纹石形成的荒凉的悬崖绝壁——何以会有这些船只以及更远处这些宫殿的飘忽的景象？——这一切变形的事物浮悬在虚幻的汪洋上。（盐湖边的气味令人作呕；这是一种掺杂着盐分而炙热得可怕的泥灰。）

在晨间的斜阳下我看到过阿玛加渡山变作玫瑰色，而仿佛是一种在燃烧中的物质。

我看到过风扬起天际的沙砾，而使绿洲喘不过气来。在风中绿洲动摇得像是一只在大海上为暴风雨所围困的船只。而在小村庄的道路上，一些赤裸着干枯的肌体的人们挣扎在热病强度的口渴中。

我看到过荒凉的道路上，骆驼的枯骨曝成白色。疲累得已再不能迈步，而为旅队所遗弃的骆驼最初是腐烂起来，缀满着苍蝇，而发散出一种骇人的臭气。

我看到过一些除了昆虫刺耳的鸣声以外不闻别种歌声的黄昏。

——我再来谈沙漠：

阿尔法草的沙漠；满处是水蛇；碧色的原野在风中波动。

乱石的沙漠；不毛之地，叶纹石闪着光芒；黑壳虫飞跃着；蔺草变得干枯；一切都在日光中爆裂。

土质的沙漠，这儿万物都能生长，只要是稍微能有一点水滴。一下雨，万物都转成绿色；虽然那干燥的土地像是难得露出一点微笑，但那儿的草仿佛比别处的来得更青嫩，更带香味。为的怕在没有结子以前已先被日光枯萎，因此更匆忙地开出花来，发散出香气来；它们的爱是一种加速度的爱。太阳又来了；大地迸裂开来，干成粉末，使水从四处溜跑；大地上满是张口的裂缝；大雨来时水全奔向山谷；冲过大地但大地无力把它留住；大地依然绝望地干涸。

沙质的沙漠——沙砾聚散得像是海上的波涛；沙丘不断地移动着方位；它们在远处像金字塔一样地做着旅队的向导；登在一个沙丘的顶上远望，你能看到隐没在水平线上另一个沙丘的顶峰。

风起时，旅队停止前进，赶骆驼的人隐藏在骆驼身旁。

沙质的沙漠——隔绝的生活；那儿只有风与热的节奏。在阴影中沙土是天鹅绒一样地轻柔；到黄昏就像燃烧在火中，清晨时即已显作灰烬。沙丘间有着一些白色的山谷；我们在马背上渡过；沙土重又填平我们的足迹；由于困累，每到一个新的沙丘前，人就起了无法越渡之感。

沙漠，我将把我整个的热情放在你身上。唉！让你最细微的沙砾也在它所占的唯一的空间复述着宇宙的整体！——沙砾，你能记起的是怎样的生活？从怎样的爱情中分离出来？——沙砾愿得人们的颂扬。

我的灵魂，你在沙上看到过什么？

白的枯骨——空的贝壳……

一天早晨，我们来到一个较高的沙丘近旁，它正好给我们挡住阳光。我们坐下。在阴影中几乎算得上凉爽，那儿隐隐地生长着一些蔺草。

但黑夜，对黑夜我将说什么呢？

这是一种滞缓的航行。

浪花不及沙绿；它们比天色还明亮。

——我知道那样的一个晚上，一颗一颗地每一颗星对我都显得特别地美。

在沙漠中寻找驴子的骚尔——你并没有找到它们，你的那些驴子——却取得了并不是你所寻找的王位。

在自身中培养着寄生虫的快乐。

生命对我们曾是

原始,且有着一种突袭的滋味

而我喜欢这儿幸福只是

像在死的身上所开的花。

卷　八

我们的动作依附着我们正像
磷光依附着磷;它们形成我们的
光辉,那是真的,但那只借
我们自身的耗损。

我的精神，在你那些不可思议的旅程中，你已感到过极度的狂奋！

啊，我的心！我已给你过大量的灌溉。

我的肉体，我已使你饱醉过爱。

如今静下来我试数我的财富，但总是枉然。我什么也没有。

有时我在过去中搜寻一些回忆的线索，为的可以使它们组成一个故事，但在回忆中我已不认识我自己，而我的生活超出回忆的领域。我像不断地只生活在新的瞬间。别人所谓默思对我是一种不可能的拘束；我不再懂得"孤独"一词的意义；在自身中只有自己，那也就是不再有别人；而在我自身中却整个地被别的事物占据着。——再者，我始终息无定所，而欲望还不断地把我驱向新的境地去。最甜蜜的回忆对我只像是一种幸福的余烬。最小的一粒水滴，纵是一粒泪珠，当它湿润在我的手上，对我变作一种更可珍贵的现实。

美那尔克，我思念着你！

说吧!你那为浪花的泡沫所污沽的船只如今将去向哪一新的大海?

美那尔克,如今你不将回来,满载新奇的财富,欣喜于再度能引起我欲望的焦渴?如果如今我休息着,那并不是有你那么富饶……不——你曾教我永不休息。——难道你还不曾倦于这一种漂泊不堪的生活?在我,有时我能难受得叫喊起来,但我并不曾对任何事物感到困倦——而当我的躯体感到疲惫,我所谴责的只是我自己的无能;我的欲望曾希望我自己会是更勇敢的。——无疑地,如果今日我感到任何抱憾,那只是由于在过去不曾抓住那些果子,而任它们落下,任它们腐烂,那么些,慈悲的神,你所放在我眼前的果子,你所给予我们的粮食。人家曾把福音上的话念给我听:因为,今日你所自禁的,来日你能得到百倍的补偿……唉!除了我欲望所需要的以外,更多对我又有何用?——因为我已认识过那么强烈的愉快,再多一点,我相信我已无法承受。

别处人说我在忏悔……
但追悔对我又有何用?
——萨提

无疑!黑暗的是我的青春;
我很追悔。
我不曾尝味大地中的盐分

更不曾尝味大海中的盐水。

我曾以为我自己就是大地的盐分。

而我还担心会把我自己的盐味失去。

海中的盐水永不会失去它的盐味；但我的口唇却已衰老得不能辨别它的滋味。唉！为什么我不曾呼吸海上的空气当我的灵魂正需要它的时候，如今还有什么酒再能使我沉醉？

唉！奈带奈蔼，满足你的快乐，当你的灵魂还能微笑——满足你爱的欲望，当你的口唇还能感到接吻时的愉快，而当拥抱对你还是一种莫大的惊喜。

因为以后你会想到，你会说：一些果子都正在枝头成熟，它们的重量已使树枝困累，下垂；——它们都在我眼前，而我的口又正充满着欲望；——但我的口始终紧闭着，而我又不能伸出手去，因为它们正在合掌祈祷；——而我的灵魂与我的肉体始终是绝望地焦渴着。——时间已绝望地过去。

（可能是真的吗？可能是真的吗？苏拉米特？——

你曾等待着我而我竟不曾知道！

你曾寻找过我而我没有听到你的足音。）

唉！青春——人只在某一时候占有它，而其余的时候都只是对它的追忆。

（快乐曾敲我的门；欲望在我心中给它回音；我自己却始终跪着在祈祷，而不曾去开门。）

流过的水无疑还能灌溉很多田野，而多少的口唇将从而解渴。但在这水中我能得到什么呢？——对我还有什么呢，除了它片刻的清凉，而当水过尽以后清凉却转作焦灼。——我快乐的表象，你将似水一般流尽。如果水再在这儿出现，让它为的是给一种永久的清凉。

江河取汲不尽的清凉，溪流不绝的喷涌，你们不是昔日我曾用来润手的那浅量的死水，当它不再清凉时人就把它抛弃。死水，你正像人们的智慧。人们的智慧，你没有江河那种取汲不尽的清新。

失眠

等待。等待；发烧；在小径上消磨去的青春的时刻……一种对所有你们称作"罪恶"的事物的渴慕。

一只狗对着月亮狂吠。
一只猫像是啼哭着的婴孩。
城市终于慢慢地归向夜之岑静，为的在次日，觅回一切更新后的希望。

我记得那些徘徊在小径上的时刻；赤裸的足踏在石片上；我把头靠在阳台潮湿的铁栏上；在月光下，我皮肤的光泽像是一颗堪采摘的惊人的果子。等待！你曾是对我们耻辱的烙印……太熟的果子！你们只在口干得太可怕，只在当我们已再不能忍受这种焦灼的时候才一口把你咬住。腐烂的果子！你使我们的口中充满着一种腐臭的恶味，而你使我的灵魂深深地感到不安。——幸福的人是当他还年轻的时候，不再踌躇，就啃食你那丰满的果肉，吮吸你那芳芬的乳汁……而解渴以后鼓着精神奔向前程——那儿我们将结束我们辛劳的时日。

（必然我已尽了我所有的能力为的挽救我灵魂残酷的耗损；但那只由于我官能的耗损我才使我的灵魂对它的神分心；夜以继日它惦记着神；它策划出种种苛求的祈祷；它为热诚而衰耗。）

今晨我从什么坟墓中潜逃出来？（海鸟在入浴，展开着它们的羽翼。）而奈带奈蔼，生命的意象对我：像是充满着欲望的口唇边的一个甜蜜的果子。

有些晚上人无法入眠。

在床上兴奋地等待着——等待的每是自己也不知道究竟是什么。我想入眠，但总是枉然，四肢已为爱情而疲乏，且像脱了节似的。而有时，超于肉欲的欢情之外，我像寻找着另一种更隐藏的欢情。

……愈饮则我愈感口渴。最后这渴念变作那样强烈，我竟为欲望而痛哭。

……我的感官已耗损得变作透明，而当早晨我上城市去，蔚蓝的天色竟透入我的体内。

……牙齿——像已磨损得不能再用，为撕去我口唇上的皮而感到极度的恼怒。双鬓像是受内部的吮吸而深陷下去。——田间正在开花的洋葱的气息，无故地会使我作呕。

失眠

……而在夜间人听到一种在呼喊而哭泣的声音，这声音哭泣着：唉！这就是这些腐败的花朵所结成的果实：它是甜蜜的。此后我将把我欲望茫然的苦闷引向大道。你那些隐蔽的房子令我窒息，而你那些床已不再使我满足。——别再在你此后无尽期的漂泊中去找寻一种目的……

——我们的口渴变得那样强烈：这水，我在没有看清以前，已早吞了整杯下去，但它竟是那样地令人恶心！

啊，苏拉米特！你对我将正像这一些在紧闭的小花园中树荫下成熟的果子。——

唉！我曾想，整个人类在睡眠的渴念与肉欲的渴念中感到厌倦。——在可怕的紧张、热情的专注之后，接着是肉体的复归消沉，人已只企盼着入眠——唉！入眠！——唉！如果不再有新的欲望的跃动来把我们惊醒在生的境界中！——

而全人类只像一个病人似的挣扎着，他回到他的病床去为的少受一点痛苦。——

……几个礼拜的工作之后,接着是永远的安息。

……像是人能在死中保持任何服饰!而我们将死去——正像那脱衣入睡的人。

美那尔克!美那尔克,我思念着你!——

我曾说,是的,我知道:对我有什么关系呢?——这儿——那儿,对我们都将是一样的。

……如今,那儿,已是黄昏……

……啊!要是时间能再溯源而上!要是过去能再觅回!奈带奈蔼,我愿带你同我回向我少年时代那些怀恋的时刻,那时生命在我自身中像是蜜的流泻。——尝味过如许的幸福,灵魂是否永将再难得到慰藉?因为我曾在那儿,那边,在那些园中,正是我自己,而并不是另一人;我聆听芦苇的歌声;我呼吸那些花的香味;我看,我抚摸那孩子——而无疑每一新的春天伴随着这每一种戏乐——但我所曾是的那一个人,那另一个人,唉!如何我再能化身到那一个人去!(如今城市的屋顶上正下着雨;我的居室是孤寂的。)在那边这正是洛西夫的牧群归来的时分,它们从山上回来;落日处沙漠上满染着金色;黄昏的安静……如今。

六月之夜，巴黎——

　　阿脱曼，我思念着你；皮斯喀拉，我思念着你的棕榈——都古耳，你的沙砾……——绿洲，沙漠上的热风是否依然摇动着你那沙沙做声的棕榈？在太阳下裂开的石榴，依然让落下你那些酸涩的榴实？——

　　契玛，我记得你那些清凉的溪流，以及你那令人汗流的暖泉。——爱尔刚带拉，金桥，我记得你那清朗的早晨，以及你那神醉的黄昏。——塞库安，我重见你的那些无花果树和夹竹桃；开鲁安，你的那些仙人掌；苏司，你的那些橄榄树。——乌玛克，崩陷的城，被洼地围绕着的城墙，我梦幻着你的荒凉——而你，阴郁的特罗，出没着苍鹰，惨酷的村庄，山壑枯哑的回声。

　　昂然的契加，是否你依然对沙漠而沉思？——拉叶，是否你仍把那些柽柳浸入在盐湖中？——美加利纳，你仍受着盐水的灌溉？——岱马西，你永远在日光下憔悴？

　　我记得恩非达附近荒瘠的岩石，春天时，从那儿流下蜜来；不远是一口井，那儿一些很美的女人，几乎赤裸地，跑来汲水。

　　是否你总在那儿，而这时该正在月光之下，阿脱曼的小屋子，那永远是破旧的小屋子？——那儿你妈织着布，那儿你已出嫁的姊姊唱歌或是讲故事；那一巢野鸽夜间低声地呼唤——在灰色朦胧的水边。——

　　啊，欲望！多少夜我不能入眠，那样地我为一种梦想吸引着,它替代了我的睡眠!啊!如果再有浓雾,黄昏时棕榈树下的笛声,小径深处白色的衣裾,焦灼的日光近旁温静的阴影……我将去!……

——小小的陶制油灯!夜风摇晃着你的火光;窗大开着;露出一角天色;静夜落在远处的屋顶上;月色。

有时在沉寂的街道上人听到一辆车子疾驶而过;而很远处火车的叫声,火车的奔驰,离城而去——庞大的城市等待着晨醒……

室内地板上阳台的影子,白纸上摇曳的灯光。呼吸。

——如今月色已隐藏起来;在我眼前的花园显作一片苍色;呜咽;紧闭的口唇;太大的坚信;思想的挣扎。我将说什么?真实的事物。——他人——他生活的重要性,对他说……

颂歌（代尾声）

致 M.A.G.

她把眼睛转向初升的星星。"它们的名字我都知道，"她说，"每一星有几种名字；它们各有不同的性能。它们迅速地运行，在我们眼中像很宁静，但那速度使它们变成炙热。它们不倦的热诚正是它们运行激烈的原因，它们的光辉是其后果。一种亲切的意志力推动着它们，引导着它们；一种卓绝的虔诚燃烧着它们，耗损它们；由于这缘故，它们才显得光辉而美丽。

"某种团契使它们相互间联系起来，而这团契本身即是德性与力，如是，一星有赖于另一星，而另一星更有赖于全体。每星的行程是安排定的，每星各走自己的行程。它不能变换轨道而不扰乱其余的每一星，因为每星各与另一星发生关联。每星选择它自己应循的轨道；而它所应循的应是它所愿循的。对我们像是命定的轨道对每一星正是它自己所愿循的轨道，因为每星都有它自己统一的意志。一种夺目的爱引领着它们；它们的选择决定法则，而我们受这些法则的统率，无从超越。"

寄　语

奈带奈蔼，如今，抛开我这书，使你自己从我的书中解脱出来。离开我！离开我；如今你已使我烦厌；你纠缠着我；往昔对你过分的爱使我分心。我已倦于伴作教育别人。何时我曾说我要使你和我一样？——我爱你因为你和我不同；我在你身上所爱的只是与我不同的部分。教育！我还能教育谁除了教育我自己？奈带奈蔼，用得到对你说吗？我不断地受着自己的教育。我继续着。我的自重永远只在我自己所能做到的。

奈带奈蔼，抛开我这书；别在那儿觅得你的满足。别相信你自己的真理可以由另一人给你找来；尤其，你应以此认作是一种耻辱。如果我给你把粮食取来，你不会感到饥饿；如果我给你把床铺就，你不会再有睡意。

抛开我这书，千万对你自己说：这只是站在生活前千百种可能的姿态之一。觅取你自己的。另一人能和你做得同样好的，你就不必做。另一人能和你说得同样好的，你就不必说；写得同样好的，你就不必写。注意你认为除了在你自身以外任何他处所没有的，而静心地，或是急切地，从你自身建立起，唉！人群中最不能更替的一员。

安德烈·纪德生平与创作年表

一八六九年　　十一月二十二日,生于法国巴黎。

一八九一年　　自费出版《安德烈·瓦尔特笔记》《那喀斯索解》。

一八九二年　　出版《安德烈·瓦尔特诗集》。

一八九三年　　出版《爱的尝试》《乌连之旅》。

一八九七年　　出版散文集《地粮》,获得巨大成功,这是他的早期代表作。

一八九八年至一九〇〇年　　出版剧本《没有缚紧的普罗米修斯》、文论《致安琪儿的信》《借题发挥》。

一九〇一年　　出版剧本《康多尔王》《扫罗》。

一九〇二年　　出版小说《背德者》。

一九〇七年　　出版小说《浪子回家》。

一九〇八年　　与马赛尔·德鲁安、雅克·科波、亨利·盖翁等人创办《新法兰西评论》杂志,这个杂志后来成立了自己的出版社,由加斯东·伽利玛任社长,这就是后来发展成法国第一大

	出版社的伽利玛出版社。
一九〇九年	出版小说《窄门》。
一九一〇年	出版传记《奥斯卡·王尔德》。
一九一四年	出版小说《梵蒂冈的地窖》《重罪法庭回忆录》。
一九一九年	出版小说《田园交响乐》。《背德者》《窄门》《田园交响乐》构成了三部曲。
一九二六年	出版小说《伪币制造者》、自传《如果种子不死》。
一九二七年	出版游记《刚果之行》。
一九二八年	出版《乍得归来》。
一九三一年	出版剧本《俄狄浦斯》。
一九三五年	出版《新食粮》。
一九三六年	出版《访苏归来》，小说《热维维埃芙》。
一九四二年	出版《戏剧集》。
一九四四年	出版《日记1939—1942》。
一九四七年	获诺贝尔文学奖。
一九四八年	出版《与弗朗西斯·雅姆通信集》。
一九四九年	由让·昂鲁什录制《纪德谈话录》。出版《与保尔·克洛岱尔通信集》。
一九五〇年	出版《日记1942—1949》。
一九五一年	二月十九日，因肺炎在巴黎病逝，享年八十二岁。

汉译文学名著

第一辑书目（30种）

伊索寓言	〔古希腊〕伊索著	王焕生译
一千零一夜		李唯中译
托尔梅斯河的拉撒路	〔西〕佚名著	盛力译
培根随笔全集	〔英〕弗朗西斯·培根著	李家真译注
伯爵家书	〔英〕切斯特菲尔德著	杨士虎译
弃儿汤姆·琼斯史	〔英〕亨利·菲尔丁著	张谷若译
少年维特的烦恼	〔德〕歌德著	杨武能译
傲慢与偏见	〔英〕简·奥斯丁著	张玲、张扬译
红与黑	〔法〕斯当达著	罗新璋译
欧也妮·葛朗台 高老头	〔法〕巴尔扎克著	傅雷译
普希金诗选	〔俄〕普希金著	刘文飞译
巴黎圣母院	〔法〕雨果著	潘丽珍译
大卫·考坡菲	〔英〕查尔斯·狄更斯著	张谷若译
双城记	〔英〕查尔斯·狄更斯著	张玲、张扬译
呼啸山庄	〔英〕爱米丽·勃朗特著	张玲、张扬译
猎人笔记	〔俄〕屠格涅夫著	力冈译
恶之花	〔法〕夏尔·波德莱尔著	郭宏安译
茶花女	〔法〕小仲马著	郑克鲁译
战争与和平	〔俄〕列夫·托尔斯泰著	张捷译
德伯家的苔丝	〔英〕托马斯·哈代著	张谷若译
伤心之家	〔爱尔兰〕萧伯纳著	张谷若译
尼尔斯骑鹅旅行记	〔瑞典〕塞尔玛·拉格洛夫著	石琴娥译
泰戈尔诗集：新月集·飞鸟集	〔印〕泰戈尔著	郑振铎译
生命与希望之歌	〔尼加拉瓜〕鲁文·达里奥著	赵振江译
孤寂深渊	〔英〕拉德克利夫·霍尔著	张玲、张扬译
泪与笑	〔黎巴嫩〕纪伯伦著	李唯中译
血的婚礼——加西亚·洛尔迦戏剧选	〔西〕费德里科·加西亚·洛尔迦著	赵振江译
小王子	〔法〕圣埃克苏佩里著	郑克鲁译
鼠疫	〔法〕阿尔贝·加缪著	李玉民译
局外人	〔法〕阿尔贝·加缪著	李玉民译

汉译文学名著

第二辑书目（30 种）

枕草子	〔日〕清少纳言著	周作人译
尼伯龙人之歌	佚名著	安书祉译
萨迦选集		石琴娥等译
亚瑟王之死	〔英〕托马斯·马洛礼著	黄素封译
呆厮国志	〔英〕亚历山大·蒲柏著	李家真译注
波斯人信札	〔法〕孟德斯鸠著	梁守锵译
东方来信——蒙太古夫人书信集	〔英〕蒙太古夫人著	冯环译
忏悔录	〔法〕卢梭著	李平沤译
阴谋与爱情	〔德〕席勒著	杨武能译
雪莱抒情诗选	〔英〕雪莱著	杨熙龄译
幻灭	〔法〕巴尔扎克著	傅雷译
雨果诗选	〔法〕雨果著	程曾厚译
爱伦·坡短篇小说全集	〔美〕爱伦·坡著	曹明伦译
名利场	〔英〕萨克雷著	杨必译
游美札记	〔英〕查尔斯·狄更斯著	张谷若译
巴黎的忧郁	〔法〕夏尔·波德莱尔著	郭宏安译
卡拉马佐夫兄弟	〔俄〕陀思妥耶夫斯基著	徐振亚·冯增义译
安娜·卡列尼娜	〔俄〕列夫·托尔斯泰著	力冈译
还乡	〔英〕托马斯·哈代著	张谷若译
无名的裘德	〔英〕托马斯·哈代著	张谷若译
快乐王子——王尔德童话全集	〔英〕奥斯卡·王尔德著	李家真译
理想丈夫	〔英〕奥斯卡·王尔德著	许渊冲译
莎乐美 文德美夫人的扇子	〔英〕奥斯卡·王尔德著	许渊冲译
原来如此的故事	〔英〕吉卜林著	曹明伦译
缎子鞋	〔法〕保尔·克洛岱尔著	余中先译
昨日世界：一个欧洲人的回忆	〔奥〕斯蒂芬·茨威格著	史行果译
先知 沙与沫	〔黎巴嫩〕纪伯伦著	李唯中译
诉讼	〔奥〕弗兰茨·卡夫卡著	章国锋译
老人与海	〔美〕欧内斯特·海明威著	吴钧燮译
烦恼的冬天	〔美〕约翰·斯坦贝克著	吴钧燮译

汉译文学名著

第三辑书目（40种）

埃达	〔冰岛〕佚名著	石琴娥、斯文译
徒然草	〔日〕吉田兼好著	王以铸译
乌托邦	〔英〕托马斯·莫尔著	戴镏龄译
罗密欧与朱丽叶	〔英〕莎士比亚著	朱生豪译
李尔王	〔英〕莎士比亚著	朱生豪译
大洋国	〔英〕哈林顿著	何新译
论批评 云鬓劫	〔英〕亚历山大·蒲柏著	李家真译注
论人	〔英〕亚历山大·蒲柏著	李家真译注
亲和力	〔德〕歌德著	高中甫译
大尉的女儿	〔俄〕普希金著	刘文飞译
悲惨世界	〔法〕雨果著	潘丽珍译
安徒生童话与故事全集	〔丹麦〕安徒生著	石琴娥译
死魂灵	〔俄〕果戈理著	郑海凌译
瓦尔登湖	〔美〕亨利·大卫·梭罗著	李家真译注
罪与罚	〔俄〕陀思妥耶夫斯基著	力冈、袁亚楠译
生活之路	〔俄〕列夫·托尔斯泰著	王志耕译
小妇人	〔美〕路易莎·梅·奥尔科特著	贾辉丰译
生命之用	〔英〕约翰·卢伯克著	曹明伦译
哈代中短篇小说选	〔英〕托马斯·哈代著	张玲、张扬译
卡斯特桥市长	〔英〕托马斯·哈代著	张玲、张扬译
一生	〔法〕莫泊桑著	盛澄华译
莫泊桑短篇小说选	〔法〕莫泊桑著	柳鸣九译
多利安·格雷的画像	〔英〕奥斯卡·王尔德著	李家真译注
苹果车——政治狂想曲	〔爱尔兰〕萧伯纳著	老舍译
伊坦·弗洛美	〔美〕伊迪斯·华尔顿著	吕叔湘译
施尼茨勒中短篇小说选	〔奥〕阿图尔·施尼茨勒著	高中甫译
约翰·克利斯朵夫	〔法〕罗曼·罗兰著	傅雷译
童年	〔苏联〕高尔基著	郭家申译
在人间	〔苏联〕高尔基著	郭家申译
我的大学	〔苏联〕高尔基著	郭家申译

地粮	〔法〕安德烈·纪德著	盛澄华译
在底层的人们	〔墨〕马里亚诺·阿苏埃拉著	吴广孝译
啊,拓荒者	〔美〕薇拉·凯瑟著	曹明伦译
云雀之歌	〔美〕薇拉·凯瑟著	曹明伦译
我的安东妮亚	〔美〕薇拉·凯瑟著	曹明伦译
绿山墙的安妮	〔加〕露西·莫德·蒙哥马利著	马爱农译
远方的花园——希梅内斯诗选	〔西〕胡安·拉蒙·希梅内斯著	赵振江译
城堡	〔奥〕弗兰茨·卡夫卡著	赵蓉恒译
飘	〔美〕玛格丽特·米切尔著	傅东华译
愤怒的葡萄	〔美〕约翰·斯坦贝克著	胡仲持译

图书在版编目(CIP)数据

地粮/(法)安德烈·纪德著;盛澄华译.—北京:商务印书馆,2022
(汉译世界文学名著丛书)
ISBN 978-7-100-21354-7

Ⅰ.①地… Ⅱ.①安… ②盛… Ⅲ.①散文诗—作品集—法国—现代 Ⅳ.①I565.25

中国版本图书馆CIP数据核字(2022)第115582号

权利保留,侵权必究。

汉译世界文学名著丛书
地 粮
〔法〕安德烈·纪德 著
盛澄华 译

商 务 印 书 馆 出 版
(北京王府井大街36号 邮政编码100710)
商 务 印 书 馆 发 行
北京通州皇家印刷厂印刷
ISBN 978-7-100-21354-7

2022年8月第1版 开本850×1168 1/32
2022年8月北京第1次印刷 印张6 插页1
定价:48.00元